O URSO QUE CAÇAVA NAZISTAS

CB015879

Marcio Pitliuk

O URSO QUE CAÇAVA NAZISTAS

A HISTÓRIA REAL DE UM GAROTO QUE SOBREVIVEU AO HOLOCAUSTO

ROMANCE

VESTÍGIO

Copyright © 2025 Marcio Pitliuk
Copyright desta edição © 2025 Editora Vestígio

Todos os direitos reservados pela Editora Vestígio. Nenhuma parte desta publicação poderá ser reproduzida, seja por meios mecânicos, eletrônicos, seja via cópia xerográfica, sem autorização prévia da Editora.

DIREÇÃO EDITORIAL
Arnaud Vin

EDITOR RESPONSÁVEL
Eduardo Soares

PREPARAÇÃO DE TEXTO
Samira Vilela

REVISÃO
Marina Guedes

CAPA
Diogo Droschi
(sobre imagens de
Stock.adobe Анна Едифанова*)*

DIAGRAMAÇÃO
Waldênia Alvarenga

Dados Internacionais de Catalogação na Publicação (CIP)
Câmara Brasileira do Livro, SP, Brasil

Pitliuk, Marcio
O urso que caçava nazistas / Marcio Pitliuk. -- 1. ed. -- São Paulo : Vestígio, 2025.

ISBN 978-65-6002-084-9

1. Guerra Mundial, 1939-1945 - Ficção 2. Holocausto judeu (1939-1945) - Ficção 3. Nazismo - Ficção 4. Ficção histórica brasileira I. Título.

24-244107 CDD-B869.3081

Índices para catálogo sistemático:
1. Ficção histórica : Literatura brasileira B869.3081

Eliane de Freitas Leite - Bibliotecária - CRB 8/8415

A **VESTÍGIO** É UMA EDITORA DO **GRUPO AUTÊNTICA** 

São Paulo
Av. Paulista, 2.073 . Conjunto Nacional
Horsa I . Salas 404-406 . Bela Vista
01311-940 São Paulo . SP
Tel.: (55 11) 3034 4468

Belo Horizonte
Rua Carlos Turner, 420
Silveira . 31140-520
Belo Horizonte . MG
Tel.: (55 31) 3465 4500

www.editoravestigio.com.br
SAC: atendimentoleitor@grupoautentica.com.br

Este livro é inteiramente baseado em eventos reais ocorridos em uma cidade da Ucrânia durante a Segunda Guerra Mundial. Algumas histórias foram elaboradas a partir de depoimentos de sobreviventes do Holocausto. Os nomes dos personagens foram criados pelo autor. A identidade dos personagens históricos foi mantida.

Apresentação

O ano era 2015. O Rabino Nachman, que já conhecia meu trabalho de documentar histórias de vítimas do Holocausto, me ligou para contar de um sobrevivente que nunca tinha compartilhado sua história com ninguém, e que seria importante ouvi-lo. Desde que comecei a registrar, em 2009, depoimentos de sobreviventes do maior crime contra a humanidade, episódios como esse acontecem com frequência: alguém conhece meu trabalho e entra em contato comigo para contar o que vivenciou durante a Segunda Guerra Mundial. Algumas vezes, o contato é feito por um filho ou um neto, que me procura na esperança de que eu consiga extrair as memórias de seus familiares. Isso faz sentido, já que em muitos casos o sobrevivente, acreditando que o sofrimento que passou é uma carga muito pesada para colocar nos ombros dos parentes, não quer compartilhar com eles a sua história. Por outro lado, para alguém que não é da família, como eu, que já estou acostumado a ouvir relatos terríveis desse período, muitos se sentem mais à vontade para soltar as dores da alma.

Documentar o relato de um sobrevivente do Holocausto é, ao mesmo tempo, um processo delicado e precioso. A delicadeza é necessária para que essas pessoas não sofram novamente com as recordações, e a preciosidade vem do fato de este ser um material importantíssimo para a educação das futuras gerações. É preciso registrar a História para que ela não seja esquecida, para que os negacionistas antissemitas não questionem o sofrimento que os judeus enfrentaram no Holocausto e, principalmente, para que crimes como esse não se repitam.

Ao longo dos anos, desenvolvi uma técnica eficiente para coletar memórias e informações das pessoas. Aliando minha experiência em conversar com sobreviventes e o conhecimento que tenho do Holocausto, inicio um bate-papo descontraído, levando o interlocutor a abrir seu baú de recordações. E, se percebo que ele se perde em datas ou acontecimentos, com as informações que tenho, consigo trazê-lo de volta à cronologia dos fatos.

Foi graças a essa habilidade que pude descobrir que a invasão da casa do sobrevivente alemão Stefan Lippmann e a prisão de seu pai ocorreram durante a Kristallnacht [Noite dos Cristais], em 9 de novembro de 1938, ou que a sobrevivente polonesa Nadia Lassman conseguiu contar, depois de quase setenta e cinco anos, que havia sido uma das cobaias de Josef Mengele, um dos mais sádicos médicos nazistas.

Em 2015, o sobrevivente que o Rabino Nachman me apresentou tinha 90 anos. Por enquanto, vamos chamá-lo de Urso.

Interessado nessa história, liguei para o Urso e me apresentei. Em consideração ao rabino, ele concordou em me receber, então marcamos um encontro para a semana seguinte.

Na ocasião da visita, Urso morava num apartamento em São Paulo, um espaço muito bem decorado, com obras de arte espalhadas pelas paredes. Uma governanta me recebeu e me levou até um escritório com estantes em madeira de lei escura forradas de livros, onde ele já aguardava por mim. Apesar da idade, seu aperto de mão foi firme. Com pouco mais de 1,60 metro de altura, era forte como um touro – ou, melhor dizendo, como um urso. De personalidade decidida, típica de alguém acostumado a dar ordens, não a obedecê-las, Urso é uma dessas pessoas que recusam o não como resposta; tudo é possível, basta ter vontade de realizar. Sua voz é grave e rouca, resultado dos milhares de cigarros que fumou a vida inteira.

Logo no início da conversa, ele pegou um cigarro na gaveta, acendeu e falou:

– Se minha esposa entrar aqui, diga que o cigarro é seu.

Gostei dele na mesma hora. Como poderia não gostar?

Começamos a conversar e a nos conhecer melhor. Por sorte, ele também gostou de mim. Sendo eu um estudioso da Segunda Guerra e do Holocausto, minhas perguntas tinham lógica e pertinência, e ele se sentiu à vontade para falar sobre esses assuntos tranquilamente.

– Recentemente, recebi uma pessoa que queria me entrevistar, mas que não entendia nada dos assuntos que eu falava. Joguei ele para fora na mesma hora.

Eu o imaginei literalmente arremessando o sujeito pela porta.

Enfim, Urso me perguntou o que eu queria com aquela conversa. Enquanto eu explicava, ele acendeu outro cigarro, recostou-se na poltrona e me ouviu calado. Ao final, pareceu satisfeito com a resposta.

– Você tem tempo para ouvir minha história? – perguntou ele, com sua voz rouca.

– Todo o tempo do mundo – respondi, já muito curioso e ansioso. Eu não sabia absolutamente nada sobre aquele senhor.

Urso começou a falar, e então entendi que ele era um grande benemérito e uma pessoa bem conhecida na comunidade judaica no Brasil e no exterior, tendo fotos ao lado de vários primeiros-ministros e autoridades de Israel. Como houve uma boa química entre nós, ele decidiu, pela primeira vez, recordar o passado e contar sua história de vida.

O que ele disse em seguida me deixou fascinado e sem fôlego, mesmo eu já tendo ouvido dezenas de relatos de judeus que sobreviveram à Segunda Guerra.

A primeira coisa que Urso fez questão de reforçar é que não era um sobrevivente do Holocausto.

– Eu não me entreguei aos nazistas. Eu formei um grupo de guerrilheiros e lutei contra eles.

Fiquei de boca aberta. Por esse ponto de vista, ele tinha razão: Urso foi um guerreiro, um *partisan* que lutou com poucas armas e com recursos escassos, mas lutou.

No entanto, ele também é um sobrevivente do Holocausto. Isso porque, a partir da ascensão de Hitler ao poder, em 30 de janeiro de 1933, judeus de toda a Europa passaram a correr risco de extermínio, e todos que conseguiram resistir à política genocida nazista são considerados sobreviventes.

Com a tomada da Alemanha pelo Partido Nazista, os judeus tiveram suas vidas modificadas, de uma maneira ou de outra. Seus direitos foram tolhidos, seus destinos foram traçados, e, para fugir da morte, tiveram que imigrar ou se esconder.

Em outras palavras, não é preciso ter sido prisioneiro em um campo de concentração para ser considerado um sobrevivente. Mesmo quem deixou a Europa antes de a guerra eclodir, quem viveu em guetos, se escondeu na casa de alguém ou, como no caso do Urso, se abrigou na floresta e lutou, é considerado um sobrevivente do Holocausto. Se não fosse a *Shoah*,[1] Urso não teria passado por isso. Se não fossem os nazistas, os judeus não teriam enfrentado as dificuldades que enfrentaram. Essa é a regra do Holocausto.

Mas voltemos à vida de Urso. Ele tinha 7 anos quando Hitler tomou o poder, 13 anos quando a Segunda Guerra começou e 19 anos quando tudo terminou. Aos 90, ainda durão e decidido, ele resolveu contar sua história.

Urso tinha carisma, tinha o talento nato dos líderes. Nada o detinha nem o fazia desistir. Nas fotos que me mostrou em sua cidade natal, Ryschka, na Ucrânia, pude vê-lo orgulhoso em seu uniforme de oficial do exército soviético. Foi com orgulho, também, que ele me mostrou a condecoração que recebeu: uma Medalha de Bravura do Exército Vermelho.

Ao final do nosso primeiro encontro, que durou horas, ele me deu duas lições de casa, que cumpri na mesma noite: assistir aos filmes *Stalin* (1992), com Robert Duvall – Urso era um grande fã de Stalin, mais adiante explicarei por quê –, e *Um ato de liberdade* (2008), sobre a história dos irmãos Bielski – que, como ele, lideraram um grupo de judeus e se esconderam em uma floresta para lutar contra os nazistas. Urso adorava filmes e livros sobre a Segunda Guerra.

Na semana seguinte, marcamos um novo encontro, rotina que se repetiu várias e várias vezes. Eu esperava ansioso por nossa próxima conversa e, quando voltava para casa, pesquisava o que ele tinha me contado, confirmava os fatos, as datas, os locais. Se tivesse alguma dúvida, levava a ele nos encontros seguintes e tudo era esclarecido.

Urso me confessou que fui a primeira pessoa a quem contou todos os detalhes de sua espetacular história; nem seus filhos e netos sabiam dos fatos que ouvi. Quando perguntei se ele tinha pesadelos com o passado, sua resposta foi afiada:

– Eu havia parado de ter, até que te conheci.

Até hoje não sei se foi uma piada típica do humor judaico ou se ele falou sério.

---

[1] Palavra de origem hebraica que significa destruição, ruína, catástrofe.

Nossas entrevistas eram sempre acompanhadas de seus inseparáveis cigarros, e, embora ele me pedisse para assumir a culpa caso a esposa o flagrasse, ela nunca apareceu para conferir quem estava fumando.

Certo dia, para minha surpresa, Urso disse que não queria mais me encontrar. Não explicou seus motivos, apenas decidiu encerrar as entrevistas. Não aceitei isso com facilidade. Falei que sua história não pertencia só a ele, mas ao povo judeu e à humanidade. Ele era um exemplo de vida e de luta, um sobrevivente que fez de tudo para superar as imensas adversidades da guerra. Seu relato precisava chegar às futuras gerações.

No entanto, ele não cedeu aos meus argumentos. Sempre foi uma pessoa decidida e, quando resolveu encerrar nossas conversas, assim o fez. É claro que fiquei chateado com o fim dos nossos encontros e bate-papos de horas e horas, mas aceitei a decisão dele. Exatamente por essa personalidade forte que sua história é tão impressionante.

Depois de um ou dois anos, voltamos a nos falar, mas não com a mesma intensidade de antes. Às vezes eu ligava para ele, outras ele me ligava. Às vezes eu ia à casa dele e tomávamos uma pinga, bebida que ele adora, enquanto fumava seu cigarro.

Quando comecei a publicar minha série de livros Retratos de Sobreviventes do Holocausto que Vivem no Brasil, que além de fotos dos personagens conta com depoimentos de sobreviventes, sempre mandava um exemplar para o Urso, que me ligava com algum elogio:

– Parabéns pelo excelente livro, gostei muito.

Mas o relato dele nunca era um dos publicados. Urso não queria, por mais que eu insistisse.

Em 2022, lancei o filme *Não mais silêncio*, uma produção em parceria com o Memorial do Holocausto de São Paulo, também com relatos de sobreviventes, e convidei o Urso para o lançamento. Ele foi. Fiquei muito emocionado ao vê-lo ali, começando a permitir que sua história fosse levada a público.

No começo de 2023, Urso me ligou:

– Podemos almoçar na quinta-feira? – Ele foi direto.

– Claro, será um prazer – respondi de pronto.

Nos encontramos em seu escritório e ele me deu uma boa notícia.

– Decidi que você pode publicar minha história.

Foi uma surpresa e uma emoção muito grande para mim. Eu o agradeci e aproveitei a oportunidade para confirmar algumas datas, alguns nomes, e então fomos almoçar. Eu já tinha informações suficientes para escrever um livro.

Depois do almoço, Urso fez questão de me levar para conhecer a creche que mantém, uma das tantas instituições que ajuda não só no Brasil, mas também em outros países. Quando chegamos ao prédio, outra obra sua, ele entrou com simplicidade e humildade, mas foi recebido como um herói pela diretora e pelas professoras. Todas vieram lhe dar um abraço, e ele, tímido, retribuiu com carinho. Quiseram mostrar a ele os escritórios, as instalações, mas ele as interrompeu gentilmente: queria ver as crianças, o verdadeiro motivo daquela creche.

Eu o acompanhei na visita, indo de sala em sala de aula. As crianças o viam como o Papai Noel, e o senhorzinho de cabelos brancos, sorridente, cumprimentou uma por uma.

A visita acabou e, antes de nos despedirmos, ele virou-se para mim e sorriu:

– Espero que o livro fique bom.

Memórias de Nahum

Meu nome é Nahum. Tenho 18 ou 19 anos, já não sei ao certo, perdi um pouco a noção do tempo. Afinal, estou numa floresta na Ucrânia.

Nevou a noite inteira, e meu nariz é a única parte do meu corpo que não está coberta de neve. Assim, consigo respirar.

Passar um ano sem tomar banho tem suas vantagens: a gordura do corpo, misturada à sujeira, cobre minha pele e ajuda a me aquecer. É uma proteção natural que os mamíferos têm. Dessa maneira, apesar dos 30 graus negativos, consigo amenizar o frio.

Quando acordo, o gosto pútrido na boca me causa engulho. Há restos de carne crua que comi no dia anterior presos em meus dentes, e não tenho como limpá-los. Me acostumei à falta de banho, às roupas em frangalhos, aos cabelos longos e emaranhados cheios de piolhos, à barba enorme e desgrenhada, às intermináveis caminhadas diárias em busca de comida sob chuva, sol ou neve, aos insetos que transformam meu corpo num zoológico, às feridas na pele. Me acostumei à luta diária pela sobrevivência, mas a uma coisa não consigo me acostumar: o gosto de carne crua e sangue na boca.

Isso porque nem sempre fui urso. Eu me transformei no dia 26 de maio de 1942, onze meses depois de os nazistas terem chegado ao meu país, a Ucrânia.

Quando eu era criança, ainda existiam ursos nas florestas ucranianas. No entanto, fui o primeiro caso de um garoto que virou urso.

Capítulo 1

Sei que muita gente não gosta de História, mas, neste caso, é importante que eu contextualize a minha.

Nasci em 1925 na região de Rivne, em Ryschka, uma cidadezinha pobre no oeste da Ucrânia. O país sempre foi rico em gás, petróleo e terras férteis, mas era constantemente explorado e dominado por potências estrangeiras, como o Reino da Polônia-Lituânia, o Império Austro-Húngaro, a Rússia czarista e a Rússia soviética. Por fim, vieram os nazistas.

Ryschka está localizada à beira do rio Ikva, a 100 quilômetros da fronteira com a Polônia. Na década de 1930, a cidade tinha entre 12 e 15 mil habitantes. O número de judeus cresceu consideravelmente quando, em 1939, a Alemanha invadiu a Polônia, levando muitos judeus poloneses a fugir para a Ucrânia.

Antes do Holocausto, Ryschka era um *shtetl*, ou seja, uma região com população majoritariamente judaica. No entanto, a cidade nem sempre fez parte da Ucrânia. Como dizia meu pai, em certas regiões do Leste Europeu as fronteiras dos países se moviam com o vento.

Durante os séculos XVI e XVII, o Reino da Polônia-Lituânia dominou boa parte do Leste Europeu, incluindo a Ucrânia. Por isso a influência polonesa era tão acentuada e perdurou tanto no país, mesmo depois que esse reino se dissolveu. Antes da Segunda Guerra Mundial, a população de Ryschka era metade judia e metade cristã, sendo 25% desta formada por católicos poloneses e 75% por cristãos ortodoxos ucranianos. Tal mistura pode não significar nada para o leitor brasileiro, mas, na Europa da época, era uma panela de pressão prestes a explodir.

Apesar de os judeus comporem, então, grande parte da população de Ryschka, o antissemitismo sempre foi muito forte na cidade e na Ucrânia como um todo. Isso se acentuou ainda no século XVII, quando o Império Russo czarista tomou conta da região, espalhando ainda mais o antissemitismo. Os judeus sempre foram vistos como estrangeiros, estranhos e diferentes, mesmo habitando a Ucrânia há séculos. A bem da verdade, os judeus são vistos como estrangeiros em toda a Europa, mesmo sendo cidadãos europeus há muitas gerações. Em outras palavras, os cristãos nascidos na Ucrânia eram considerados ucranianos, enquanto os judeus nascidos na Ucrânia, considerados estrangeiros, viviam separados e não eram muito queridos, por assim dizer.

Por volta de 1650, houve uma grande revolta de cossacos, e Bogdan Khmelnytsky se tornou um dos heróis nacionais da Ucrânia. Khmelnytsky lutou pela independência do país e organizou um *pogrom*[2] que matou mais de 100 mil judeus. O que motivou o ataque não foi exatamente o antissemitismo, mas sim um ódio generalizado aos estrangeiros, como os judeus eram considerados. Muitas cidades da Ucrânia têm estátuas em homenagem a Bogdan, que libertou o país do comando do Reino da Polônia-Lituânia, mas também comandou o massacre de milhares de vidas inocentes. Pouco tempo depois, quando o czar da Rússia expandiu seu império e invadiu a Ucrânia, o ódio aos judeus passou a ser uma política de Estado, contaminando a população como um vírus.

Não é fácil entender o que se passava nessa região da Europa na época, mas era assim que as coisas aconteciam. E, pelo rumo que as coisas tomaram ao longo das décadas, não mudou muito: em 2022, o senhor Putin decidiu que a Ucrânia deveria voltar a fazer parte da Rússia e simplesmente invadiu o país. É como se Portugal decidisse que o Brasil deveria voltar a ser colônia e, "ora pois", iniciasse uma guerra pelo poder.

Passado mais um tempo, parte da Ucrânia foi invadida pelo Império Austro-Húngaro, e o país acabou dividido entre o domínio austro-húngaro e o russo. O motivo de tantas invasões ao território ucraniano? Certamente suas terras férteis e o clima ameno em certas regiões, que permitiam duas colheitas por ano, fazendo do país o celeiro do mundo.

---

[2] Palavra de origem russa que significa atacar, destruir por meio de violência. É o termo usado ainda hoje para se referir ao ataque às comunidades judaicas no Leste Europeu.

E as mudanças nas fronteiras não param por aí. A Primeira Guerra Mundial, que aconteceu de 1914 a 1918, tirou a cidade de Ryschka do domínio russo e a passou novamente para o controle da Polônia. Ou seja, durante diversos períodos, os ucranianos nascidos em Ryschka foram polacos-lituanos, russos, austro-húngaros e poloneses. E tudo isso antes da chegada dos alemães!

Os gastos com a Primeira Guerra e as despesas infinitas do czar Nicolau II para manter os luxos da família Romanov enfraqueceram o líder russo, que passou a ser ainda mais odiado pela população pobre. Não é de se espantar, já que, enquanto os nobres viviam na maior opulência, o povo vivia na miséria, passando fome e frio.

Em 1917, um ano antes do fim da Primeira Guerra, um grupo de revolucionários liderado por Vladimir Ilyich Ulianov, mais conhecido como Lenin, e pelo judeu Lev Davidovich Bronstein, mais conhecido como Trótski, deu início à Revolução Russa, que executou a família Romanov, derrubou o regime czarista e implantou o socialismo. Formou-se, então, a União das Repúblicas Socialistas Soviéticas (URSS).

Ryschka só escapou do regime socialista nesse momento por estar localizada na parte da Ucrânia que estava sob domínio polonês, e não soviético. Naquele tempo, a Polônia ainda não fazia parte da União Soviética, o que só aconteceu depois da Segunda Guerra.

Em 1924, após a morte de Lenin, teve início uma disputa pelo poder entre os líderes Trótski, Nikolai Bukharin, Lev Kamenev, Alexei Rykov, Mikhail Tomsky, Grigori Zinoviev e Iossif Vissarionovitch Djugashvili. Iossif, mais conhecido como Josef Stalin, ou "Homem de Ferro" em russo, foi o vencedor, fato que marcaria minha vida para sempre.

A maior parte dos *goyim*[3] de Ryschka era formada por camponeses que criavam, principalmente, gado, galinhas e porcos e plantavam beterraba, trigo, girassol, tabaco, batata, nabo e ameixas. Não eram grandes fazendeiros, mas pequenos sitiantes; na época, não existiam latifúndios naquela região. O curioso é que, em geral, ucranianos e poloneses deixavam o comércio do que era produzido nas fazendas nas mãos dos judeus.

---

[3] Expressão usada pelos judeus para se referir a quem não é de origem judaica.

Em 1º de setembro de 1939, a Alemanha invadiu a parte ocidental da Polônia, dando início à Segunda Guerra Mundial. Dezessete dias depois, a União Soviética invadiu a metade oriental da Polônia como resultado do acordo Molotov-Ribbentrop, assinado entre nazistas e socialistas. Segundo o documento, alemães e soviéticos não se atacariam e dividiriam entre si o território polonês.

O Pacto Molotov-Ribbentrop foi uma surpresa para o mundo todo. Até então, Hitler e os nazistas alemães eram inimigos figadais de Stalin e dos socialistas soviéticos. Em seus discursos, os dois se atacavam, se xingavam, se ofendiam, se odiavam. Então, como foi possível assinarem um acordo de não agressão? Bem, por pragmatismo. Naquele momento, não interessava a Hitler lutar contra a União Soviética, assim como não interessava a Stalin entrar numa guerra contra uma potência como a Alemanha.

Em 18 de setembro de 1939, a União Soviética conquistou Ryschka, que perdeu o controle polonês e voltou aos braços da antiga mãe Rússia.

Com o sistema socialista implantado em Ryschka, as propriedades deixaram de ser privadas e tudo o que os camponeses colhiam passou a ser confiscado – ou expropriado, como os socialistas preferiam dizer – pelo governo. Havia um *tovarich*, um camarada do Partido Comunista, que controlava a produção na cidade. Ele que determinava, sob orientação do comitê central em Moscou, quanto deveria ser expropriado de cada produtor.

A situação piorou sensivelmente para os ucranianos, e o alimento começou a faltar até mesmo para os camponeses que o produziam. É de se pensar que a população se revoltaria contra o governo soviético, contra as cotas de confisco determinadas pelo Partido Comunista ou contra a falta de planejamento na implementação do novo sistema. No entanto, era mais fácil culpar um grupo mais próximo, aquele bode expiatório de sempre: os judeus, é claro! Desde que me entendo por gente, e mesmo antes disso, tudo que dava errado na Ucrânia era culpa dos judeus.

E como viviam os judeus em Ryschka? Bem, para começar, eles não eram camponeses, porque, por determinação dos czares havia centenas de anos, os judeus não podiam ser proprietários de terras – este era um privilégio reservado aos nobres ou a pequenos sitiantes. Para sobreviver, os judeus trabalhavam no comércio – atividade praticada desde os tempos bíblicos, o que permitiu o desenvolvimento de diversas habilidades na área – ou em profissões liberais, como contadores, médicos, professores, jornalistas, alfaiates, sapateiros, artesãos, fabricantes de ferramentas, tecelões, tintureiros, açougueiros, padeiros, entre outras atividades básicas e necessárias. Em geral, os judeus não trabalhavam em serviços que exigiam força bruta, mas em atividades intelectuais ou manuais passadas *l'dor vador*, como se diz em hebraico, ou de geração em geração.

Outra tradição entre a comunidade judaica é a criação de instituições como hospitais, escolas e sinagogas, o que também foi feito em Ryschka. No entanto, com a implantação do regime socialista, um sistema ateu, as religiões foram proibidas; em vez de cultuar Deus, os socialistas cultuavam seus líderes políticos. Algo semelhante ocorria no sistema nazista, diga-se de passagem. Hitler era deus, e durante seu domínio os símbolos religiosos foram substituídos pela suástica em toda a Alemanha.

Outro motivo para a proibição religiosa era a extinção da identidade nacional. Lenin defendia que a revolução marxista deveria ser espalhada para o mundo inteiro, transformando o proletariado em uma unidade sem distinção de etnia, religião ou nacionalidade – não à toa, o slogan da revolução era "Proletários de todo o mundo, uni-vos". Como o judaísmo era considerado uma nacionalidade e uma religião, era urgente que deixasse de existir. Afinal, como poderia haver judeus numa sociedade em que todos eram iguais, em que compunham um povo só? Tudo era a União das Repúblicas Socialistas Soviéticas.

Em pouco tempo, então, as sinagogas foram fechadas (é claro que os judeus continuaram rezando escondido), e os hospitais e escolas judaicos passaram a ser de propriedade do governo. Também foi proibido o comércio particular; se o governo era socialista, tudo pertencia ao Estado, e só o Estado podia decidir o que seria comprado e vendido. Tal como as cotas de confisco, essas proibições eram controladas por um *tovarich*, mas é claro que, mesmo naqueles tempos e naquele fim de mundo que era Ryschka, bastava molhar a mão do *camarada* certo para conseguir algumas permissões.

Funcionava assim: durante a inspeção do *tovarich*, os camponeses escondiam algumas galinhas ou ovos para vender e, com o dinheiro dos produtos em mãos, comprar algo de que precisasse, como uma enxada ou outras ferramentas de trabalho. Quem intermediava essas transações eram os judeus, que, como eu disse, tinham muita experiência no comércio. Era uma espécie de mercado ilegal no qual todos ganhavam, até o *tovarich*, que recebia alguns rublos para fazer vista grossa.

Outro fato curioso sobre a Ucrânia socialista diz respeito à língua oficial do país. Quando os soviéticos chegaram, a língua ucraniana foi proibida e a língua oficial passou a ser o russo – que, apesar de semelhante, não era igual. Eliminar o idioma local era mais uma maneira de acabar com o nacionalismo. Para se ter uma ideia, mesmo bem jovem eu já falava polonês, russo, ucraniano, iídiche, alemão e hebraico. O iídiche, minha língua materna, aprendida em casa, era o idioma que os judeus do Leste Europeu falavam entre si. Por ser parecido com o alemão, também aprendi a falar alemão, o que me ajudou muito no futuro. O hebraico eu aprendi na escola, e o ucraniano nas ruas. Também me virava bem em polonês, já que havia tantos poloneses em Ryschka. O russo, aprendi por obrigação, o que também me ajudou no futuro; desde cedo, entendi que era preciso aprender o maior número possível de línguas para sobreviver.

Depois desse apanhado geral, é chegada a hora de contar minha própria história, que também é parte da História dos judeus e dos *goyim* de Ryschka entre o ano em que nasci, 1925, e o ano em que deixei de ser urso, 1945.

Capítulo 2

Eu nasci no final de 1925, próximo ao *Chanukah*, ou Festa das Luzes, feriado em que os judeus celebram a vitória sobre o exército grego e a retomada de seu Templo Sagrado em Jerusalém. Minha mãe deu à luz em casa, como era comum na época, com a ajuda de uma parteira.

Seis dias depois, fui levado à sinagoga para fazer o *bris*, a cerimônia de circuncisão dos garotos judeus. Meu pai, que estava relativamente bem de vida e muito feliz pelo nascimento do primeiro filho, ofereceu um pequeno lanche e vinho para o *Le Chaim*, o brinde à vida.

Dois anos depois, nasceu minha irmã, Miriam.

A casa onde a gente morava era nossa, fora construída pelo meu pai. No mesmo terreno, ele fez duas casas, uma das quais alugou para o próprio irmão, meu tio.

Embora nossa casa fosse pequena, era uma construção de alvenaria, ao contrário da maioria das casas da época, que eram de madeira. A população de Ryschka era pobre, inclusive os judeus. Poucos, como meu pai, tinham dinheiro para construir a própria casa, muito menos de tijolos; em geral, elas eram de madeira.

A casa tinha apenas dois cômodos: um deles servia, ao mesmo tempo, como cozinha e sala, e o outro como dormitório. Meus pais, minha irmã e eu dormíamos no mesmo quarto. O fogão, que ficava na parede que separava a cozinha do quarto, era usado tanto para cozinhar quanto para aquecer o ambiente. Lareira era um luxo dos ricos.

Do lado de fora, no quintal, quatro paredes de tábua cercavam o que chamávamos de privada turca, um buraco no chão onde se faz as necessidades. Não havia torneiras, porque não existia água encanada; a água, que ficava em um poço do outro lado da rua, tinha que ser tirada com uma bomba, que funcionava por alavanca, e carregada por nós em um balde. Tomávamos banho em uma tina de madeira com água aquecida no fogão. Imagine o trabalho para tomar um simples banho! Era uma vida difícil.

Morávamos na rua principal de Ryschka, que tinha calçamento de pedras, ao contrário das demais, que eram de terra. Havia pouquíssimos automóveis na cidade, era muito raro ver carros passando por lá. Provavelmente, há mais carros na sua rua hoje do que em toda a cidade de Ryschka quando eu vivi lá. As opções de transporte eram carroça ou cavalo, mas a maioria andava a pé mesmo. Não havia ônibus ou qualquer tipo de transporte público em Ryschka, e não me lembro de ver bicicletas. De qualquer maneira, era uma cidade pequena, onde tudo era relativamente perto.

Uma estação de trem ligava a cidade ao resto do mundo, mas era mais usada para transportar cargas do que passageiros. Ninguém viajava como hoje. Não existia turismo. Em 1939, após a invasão de Ryschka, a estrada de ferro passou a ser muito utilizada pelos socialistas para transportar a colheita estatizada, recolhida pelos *tovarichs*, até Moscou.

Ryschka tinha um pequeno aeroporto militar, que não passava de uma pista de pouso de terra com uma biruta que indicava a direção do vento. O local ficou muito famoso anos depois, mas por razões muito tristes: foi palco de uma imensa tragédia que relatarei adiante. O que aconteceu no aeroporto de Ryschka também me ajudou a virar urso.

Nossa vizinhança era praticamente só de judeus. Eu estudava na escola judaica e frequentava a sinagoga do bairro com minha família. Não nos misturávamos muito com os ucranianos e com os poloneses, até porque eles não gostavam de nós. A segregação também era geográfica, já que havia bairros específicos para judeus, para poloneses e para ucranianos.

Ambos os povos sempre foram antissemitas, disso eu me lembro muito bem da minha infância em Ryschka. O que me fez virar urso não foi apenas o frio do inverno, a carne crua que era obrigado a consumir ou a falta de banho na floresta. Foi, principalmente, o antissemitismo.

Nunca me esqueci da primeira briga que tive com os ucranianos.

Eu tinha pouco mais de 7 anos, estava brincando na rua com um grupo de amigos quando eles apareceram. Apesar de terem a mesma idade que nós, eram bem mais fortes; eles ajudavam os pais na lavoura e em trabalhos braçais, enquanto a maioria de nós, judeus, se dedicava apenas aos estudos. Os garotos carregavam paus, pedras e estavam prontos para bater nos "judeuzinhos", ou *yudeyshkos*, como nos chamavam.

E eles sabiam bater! Nós, que não esperávamos aquilo nem sabíamos brigar, tomamos uma grande surra. Felizmente, ninguém se machucou muito. Para mim, a surra feriu mais meu orgulho do que meu corpo.

Tive, naquele dia, minha primeira grande lição: precisava aprender a me defender, aprender a lutar. E, na hora da briga, é preciso virar bicho. Virar um urso!

Eu nunca fui alto. Mesmo quando fiquei mais velho, continuei baixinho. Mas decidi ficar forte, muito forte. Eu entendi que, para enfrentar os ucranianos, precisaria ser mais forte do que eles, então comecei a me exercitar depois da escola. Eu fazia ginástica e exercícios com o que tinha à mão: levantava pedras e baldes de água, treinava chutes e socos em tábuas, enfim, me virava sozinho. Isso me ajudou muito naquela época, e mais ainda no futuro. Afinal, um urso tem que ser forte.

Aquela não foi a primeira nem a última briga. Volta e meia ucranianos e poloneses vinham bater nos judeus, era rotina. Aparentemente, não tinham outra coisa para fazer na vida.

Eu sempre fui mandão, metido, então virei uma espécie de chefe da turma. Logo de início, avisei os amigos para andarmos sempre em grupo, assim seria mais fácil nos defendermos. Os outros garotos só nos atacavam quando estavam em maioria, preferiam ir atrás de judeus que estavam sozinhos na rua. O nome disso é covardia.

Sabe aquele ditado que diz "Faça o que eu digo, não faça o que eu faço"? Pois é, eu fiz isso uma vez. Nós, os garotos judeus, não costumávamos sair do bairro. Tudo de que precisávamos estava à nossa volta: a família, os amigos, a escola, a sinagoga e até o açougue *kosher*, que preparava a carne segundo nossos preceitos religiosos. Certo dia, minha mãe, que costurava para fora, pediu que eu levasse algumas roupas para uma ucraniana que morava do outro lado da cidade. Minha mãe não sabia das brigas entre as crianças, e, se eu contasse, ela não me deixaria sair de casa nunca mais. Era uma verdadeira *iídiche mame*, achava tudo perigoso e queria me proteger. Então, nunca contei das brigas, e ela, sem saber dos riscos, enviou o filho judeu para ir sozinho até o bairro dos ucranianos. Ela acreditava que os problemas entre os povos tinham terminado havia anos, pois fazia tempo que não ocorria um *pogrom* na Ucrânia.

Vou explicar o que é isso. Durante os governos dos czares, era comum acontecerem na Ucrânia ataques violentos contra comunidades judaicas, que muitas vezes acabavam em morte e destruição de casas e sinagogas. Os *pogroms* mataram centenas de milhares de judeus ao longo dos anos, e os motivos para os ataques variavam: às vezes, um padre dizia na missa que os judeus tinham matado Cristo e que era preciso se vingar; outras vezes, uma criança não judia desaparecia e, por alguma razão, os judeus eram culpados de rapto e assassinato, ou acusados de usar o sangue da vítima para fazer matzá, um tipo de pão usado em cerimônias religiosas. Os czares também usavam os *pogroms* para manipular massas insatisfeitas da população, instigando-as a descarregar a raiva nos judeus antes que se revoltassem contra o governo. E, às vezes, não havia motivo nenhum: os ucranianos ficavam bêbados e, para se divertir, atacavam judeus.

Além de não poder contar das brigas para minha mãe, eu também não podia dizer não a ela. Eu não era um covarde, não podia mostrar que estava com medo de ir a um bairro ucraniano. Por um momento, pensei em chamar alguns amigos para irem comigo, mas então me dei conta de que seria pior: se fôssemos em grupo, os ucranianos poderiam pensar que nós é que estávamos invadindo o território deles, e então se juntariam em uma turma muito maior para nos bater. Sozinho, pensei que eu poderia passar desapercebido.

Como se um judeu pudesse passar desapercebido em Ryschka!

Os *goyim*, como chamávamos os não judeus, nos farejavam a metros de distância. Não sei se nos reconheciam pelas roupas, pelos traços físicos ou pelo jeito de falar, mas fato é que era praticamente impossível passar batido por um *goy*. Eu não me vestia como judeu, não usava *yarmulke*, o solidéu no topo da cabeça, nem tinha *payots*, cachos maiores na lateral do rosto. Mesmo assim, os ucranianos sabiam que éramos judeus só de olhar para nós. Isso foi um problema muito grande quando os alemães chegaram, mas vou deixar essa história para depois.

Sem alternativas, peguei o pacote das mãos da minha mãe. Por via das dúvidas, escondi dentro do casaco uma espécie de cassetete de madeira, pesado, resistente, que poderia ser útil em caso de uma briga. Era bom estar preparado.

Uma vez fora do meu bairro, tudo parecia estranho para mim. Havia igrejas ortodoxas e cristãs que não se pareciam em nada com uma sinagoga. As casas também eram diferentes: em geral, as construções judaicas tinham um comércio na parte de baixo, o que não acontecia nas casas ucranianas. Até o cheiro das ruas era distinto: no meu bairro, a comida era preparada com gordura de ganso; enquanto, no bairro ucraniano, usava-se principalmente gordura de porco. Me recordo desses aromas até hoje. Confesso que o cheiro da gordura de porco era muito mais gostoso, dava vontade de morder o ar.

O que mais me chamava a atenção, no entanto, era a beleza das mulheres. Isso eu tenho que reconhecer: as ucranianas me pareciam bem mais sensuais. Loiras ou morenas, de olhos claros ou escuros, não importava. No geral, elas usavam roupas mais leves e mostravam um pouco mais de corpo do que as mulheres judias. No meu bairro, as mulheres usavam roupas mais recatadas, com saias até as canelas, blusas fechadas até o pescoço e a cabeça coberta por um lenço. As ucranianas, por outro lado, eram menos pudicas e olhavam para os homens de um jeito diferente. Muitas delas tinham olhos amendoados, traço herdado da influência asiática, o que tornava seus rostos ainda mais harmônicos. A pele bronzeada, típica das camponesas que trabalham ao ar livre, contrastava com a pele branca e leitosa das judias, que raramente saíam de casa para tomar sol.

Quando me dei conta de que achava que as mulheres ucranianas tinham algo a mais, entendi como eles reconheciam os judeus. Afinal, se eu conseguia diferenciar uma mulher ucraniana de uma judia, os *goyim* também podiam reconhecer facilmente se alguém era judeu ou não.

Após uma longa caminhada, finalmente cheguei à casa e entreguei a encomenda da qual minha mãe me encarregara. A senhora ucraniana que me recebeu me agradeceu com um pedaço de bolo muito gostoso, então sentei-me em uma pedra para comê-lo. E que besteira eu fiz. Devia ter ido direto para casa, mas a vontade de comer o doce na mesma hora fora muito maior.

Foi aí que o problema surgiu. Na verdade, três problemas.

Três garotos *goyim* vinham na minha direção com cara de poucos amigos. Me reconheceram à distância, um judeuzinho solitário, longe do seu bando. Um judeuzinho que merecia uma surra por ter invadido o bairro ucraniano.

Eu, que sempre fui um cara muito atento, que aprendi muito observando e analisando o meu entorno, rapidamente comecei a traçar uma estratégia. Decidi não correr por três motivos. Primeiro porque demonstraria medo, o que é péssimo numa briga. Segundo porque, naquelas ruas de terra cheias de pedras, era fácil tropeçar e cair, e, se eu caísse, seria um alvo fácil para chutes e pancadas. E terceiro porque eles poderiam correr mais do que eu, me alcançar e me bater mais ainda. Assim, decidi enfrentá-los com unhas e dentes, não importava o que custasse. Vendo que os três eram mais altos do que eu – o que não era difícil –, concluí que, para ter uma vantagem competitiva, eu precisava parecer mais alto do que eles.

De onde tirei todas essas conclusões, não sei. Acho que foi por intuição, por necessidade de sobreviver.

Eu também já tinha visto que, quando um urso se prepara para atacar um animal, ele não fica de quatro, mas se levanta e ergue as patas dianteiras, aumentando de tamanho. Ninguém ensinou isso aos ursos, eles simplesmente agem assim. Atacam por cima, não por baixo. E eu precisava fazer a mesma coisa. Em vez de correr e me diminuir, então, decidi crescer. Como um urso faria.

Eu jamais deixaria um *goy* bater em mim sem reagir, jamais apanharia quieto. Não sei se prometi para mim, para Deus ou para ambos, mas jamais quebrei a promessa de não me entregar sem lutar. Eu podia até apanhar, mas também ia bater, ah, se ia. Naquela época, a violência fazia parte do dia a dia: pais batiam nos filhos, capatazes batiam nos empregados, oficiais batiam nos soldados. Era olho por olho, dente por dente.

Os *goyim* estavam se aproximando rapidamente, e eu vi que próximo a mim havia um pequeno muro, não muito alto, mas que me colocaria acima dos agressores. Subi nele e enfiei a mão direita no casaco, segurando, sem que eles percebessem, o pedaço de pau que havia levado de casa. Estava preparado para atacar, não para me defender. Naquele momento eu não sabia ainda, mas me preparar para a luta seria algo que eu faria para o resto da vida.

Quando o primeiro garoto correu para cima de mim, pronto para me dar um soco, tirei o cassetete de dentro do casaco e lhe dei uma cacetada na cabeça. O golpe foi tão forte que ele ficou tonto e fugiu, o sangue escorrendo pela testa enquanto cambaleava para longe. Foi pego de surpresa, nem viu o que o acertou. Jamais imaginou que um judeuzinho saberia bater, e tão forte. Enquanto os outros dois se encaravam, sem entender muito bem o que tinha acontecido, aproveitei para atacá-los também, distribuindo pauladas, chutes e socos. Antes que pudessem reagir, também estavam machucados e sangrando, e então desistiram da luta. Agora, sim, era minha vez de bater em retirada. Precisava voltar para casa antes que eles juntassem uma turma maior, com meninos mais fortes, e viessem se vingar. Eu já havia entendido que, às vezes, bater em retirada não é fugir, mas usar de uma estratégia militar.

Iniciei meu recuo com passos rápidos, quase correndo, mas sem demonstrar que estava fugindo. Apesar da distância que percorri em pouco tempo, sentia o coração bater na garganta mais pela emoção do que pelo cansaço.

Quando estava chegando em casa, avistei meus amigos.

– Que cara é essa, Nahum? – Joel perguntou ao me ver bufando. – Nunca vi você tão bravo.

Joel era meu melhor amigo, um sujeito que estava sempre ao meu lado, que dava conselhos e topava qualquer parada. Éramos carne e unha, estávamos o tempo todo juntos. No *shabat*, dia sagrado de descanso e rezas para os judeus, eu sempre dormia na casa dele, ou ele dormia na minha. Um ano mais velho do que eu, Joel era o cara mais legal da turma e o mais adorado pelas meninas. Disto, eu sentia ciúmes.

– Vocês não vão acreditar no que acabou de acontecer – respondi. – Eu dei uma surra em três ucranianos.

Dan, outro grande amigo nosso, me lançou um sorriso irônico:

– Você tem razão, Nahum. Eu jamais acreditaria que isso realmente aconteceu.

Eles então começaram a gozar da minha cara, duvidando do que tinha acontecido. Eu fiquei louco da vida. Xinguei todos eles e saí em direção à minha casa, mas Joel conseguiu me alcançar.

– Nahum, eu acredito em você – disse ele. – Sei que você não tem medo dos ucranianos nem leva desaforo para casa.

Mesmo bravo, acabei desabafando:

– O que mais me irrita nessa história é que eles não seriam capazes de reagir da mesma forma se estivessem no meu lugar. Teriam saído correndo e apanhado muito.

– Concordo, Nahum. Eu mesmo não faria o que você fez. Você foi muito corajoso!

O apoio de Joel naquele momento me mostrou que ele era mesmo meu amigo. Eu estava orgulhoso do que tinha feito, e ele entendia o que eu sentia. O ocorrido me animou ainda mais a continuar com os exercícios, a me fortalecer. Hoje eu sei que o diálogo é importante, que devemos evitar a violência, mas naquele tempo não era assim. Não existia diálogo que convencesse um garoto antissemita a respeitar os judeus. Tudo era conquistado no braço, à força. E aquela briga fez eu me sentir mais forte, confiante, feliz e cheio de coragem. Eu me sentia um urso!

Apesar de tudo, nosso dia a dia não se resumia a brigas contra ucranianos e polacos; a gente também se divertia muito depois da escola, brincando na rua. No verão, jogávamos futebol com uma bola feita de trapos embolados dentro de uma meia velha. Bola de futebol de verdade, nem pensar. Era coisa de rico, e não havia ricos em Ryschka. Muitos amigos também gostavam de xadrez, um jogo importante na Rússia e na Ucrânia, mas eu não tinha paciência para ficar sentado diante daquelas peças pretas e brancas por horas e horas, pensando numa jogada.

Já as brincadeiras de inverno eram mais simples, como pegar um copo com água e jogar para cima para ver cair gelo; o frio era tanto nessa época do ano que a água congelava no ar. Na mesma pegada, havia o campeonato de cuspe de gelo: marcávamos, no chão, uma linha que não podíamos ultrapassar, em seguida tomávamos impulso e tentávamos cuspir o mais longe possível. A cusparada virava uma pedrinha de gelo, e a gente disputava qual pedrinha chegava mais longe.

Havia, ainda, uma terceira brincadeira, só para os corajosos, que consistia em encostar a língua num cano de ferro e ver quem aguentava mais tempo. Era uma loucura, porque, naquele frio, ao ar livre, a língua grudava feito cola, e para desgrudá-la era preciso muito cuidado. Tinha que puxar devagar, aquecendo a superfície com o bafo ou com água. Se puxássemos depressa, arrancávamos um pedaço dela. De qualquer maneira, doía pra burro!

Hoje, quando me lembro disso, não sei se brincávamos por coragem ou burrice. Era a coisa mais estúpida para se fazer, mas a gente fazia. Quem aguentasse mais tempo ganhava, mas o quê? Só podia ser um troféu de idiota!

Capítulo 3

Aquele parecia apenas mais um sábado normal de 1933, exceto pelo fato de que a sinagoga do nosso bairro estava lotada. Na verdade, todas as sinagogas de Ryschka estavam lotadas. Acho que foi a primeira vez que todos os judeus da cidade, incluindo homens, mulheres e crianças, foram ao templo ao mesmo tempo. Nem no *Yom Kipur*, o Dia do Perdão, data mais sagrada do judaísmo, eu vi algo igual. Com certeza algo de muito importante estava acontecendo, e até eu, que não era muito de ir à sinagoga, fiquei curioso para saber o que se passava.

Era começo de março, fim do inverno, mas ainda fazia um frio danado. O clima na Ucrânia só aliviava um pouco lá pelo final de abril, perto da festa de *Pessach*, a Páscoa judaica, quando começava a primavera. Dentro da sinagoga, porém, tinha tanta gente que estava muito, mas muito quente. Sabe quando a gente sente o suor escorrer da nuca até o *turres*?[4] Pois é, a situação era essa. As pessoas também estavam muito agitadas, o que aumentava o calor a ponto de deixar o ar quase irrespirável. Eu nunca tinha ido a uma sauna, mas imaginei que devia ser igual.

O que eu não conseguia entender era a causa daquela confusão toda. Nem no mercado, na véspera do *shabat*, havia tanta agitação. Todos falavam ao mesmo tempo, discutindo tão alto que nem o rabino conseguia colocar ordem. Ele pedia silêncio, tentando controlar o pessoal, mas era uma bagunça sem fim.

Até que, me espremendo entre a multidão, consegui encontrar meu amigo Joel. Nós subimos numa das colunas que sustentavam a sinagoga para tentar enxergar melhor e entender o que se passava. Prestei atenção

[4] Bunda em iídiche.

no que as pessoas falavam. Algumas palavras eu nunca tinha ouvido: chanceler, Hindenburg, Reichstag, nazismo, hitler (sempre me recusei a escrever o nome desse homem com letra maiúscula). Outras, eu ouvia sempre: antissemitismo, perseguição, ódio, perigo, *pogrom*.

Pescando uma informação aqui, outra ali, compreendi que alguma coisa tinha acontecido em Berlim em 30 de janeiro; e depois, em 27 de fevereiro, houve um incêndio no parlamento alemão. Mas o burburinho era tanto que eu não entendia a história completa. O rabino, cansado de pedir silêncio por várias vezes, mandou o *chazan*, o cantor da sinagoga, começar a cantar o *Shemá Israel*, uma das principais rezas judaicas. O *chazan* então subiu na *bimah*, o púlpito da sinagoga, e entoou com sua voz linda e poderosa:

– *Shemá Israel, Adonai eloheinu, Adonai ehad.*

Conforme ele prosseguia, as pessoas começaram a fazer silêncio. Isso me serviu de lição: quando todos estiverem gritando, em vez de gritar mais alto, podemos dizer algo importante em voz baixa, e todos se calarão para ouvir.

Assim, quando o burburinho silenciou completamente, o rabino começou a falar:

– Infelizmente, aquele homem inominável chegou ao poder na Alemanha. As notícias que recebemos de Berlim são as piores possíveis para nosso povo. O povo alemão apoia os nazistas e sua política antissemita, e aquele homem, que prometeu nos eliminar, conseguiu virar chanceler de um país tão civilizado como a Alemanha. Prevejo dias sombrios e amargos para os judeus e para toda a humanidade. Que Deus nos ajude e nos ilumine.

O rabino continuou seu discurso, mas nem eu nem Joel sabíamos quem era aquele homem inominável. Quanto ao ódio aos judeus, não era nenhuma novidade. Estávamos sempre brigando com ucranianos e poloneses, então que diferença faria uma rixa com mais um povo? O que havia de tão estranho nisso para levar todos à sinagoga?

Nós ainda éramos muito jovens para entender aquilo, então decidimos sair daquele calor e brincar na rua, que era muito mais divertido.

Quando meus pais voltaram para casa, eu corri para perguntar o que tinha acontecido de tão importante.

– Primeiro, vamos entrar em casa, porque está muito frio e você pode ficar resfriado – disse minha mãe, protetora como sempre.

Me despedi do Joel, que também foi para casa, e sentei com meus pais para almoçar. Minha mãe cozinhava muito bem todos os pratos da culinária judaica: *gefilte fish*, *borscht*, *knaidlach*, *varenyky*[5] com cebola frita, canja de galinha, bolo de macarrão – era só escolher que ela fazia. Ela também cuidava para que a casa estivesse sempre arrumada, as roupas limpas e a lição de casa dos filhos feita, além de acordar a gente para não perdermos a hora e, principalmente, de insistir para que eu não saísse de casa sem um casaco.

A vida não era fácil em Ryschka, mas a grande preocupação da minha mãe era que eu estivesse agasalhado! Eu me perguntava se depois do *bar mitzvah*, quando eu completasse 13 anos, ela me veria como um homem ou continuaria me tratando como um bebê.

Como a explicação do que se passara na sinagoga não surgia, perguntei novamente:

– Pai, o que está acontecendo na Alemanha?

Percebi que ele não queria falar na frente da minha irmã, que na época tinha só 6 anos, então não insisti. Meu pai sempre respondia tudo que eu perguntava, e, se estava evitando o assunto naquele momento, é porque devia ser algo muito sério.

Quando acabamos de almoçar, ele me chamou para dar uma volta.

– Agasalhe-se bem – minha mãe disse para mim, como se eu fosse sair num frio daqueles sem agasalho!

Andamos um pouco, e percebi que meu pai procurava as palavras certas para começar a falar.

– O Partido Nazista tomou o poder na Alemanha – ele explicou. – hitler e todos os outros que estão no governo são abertamente antissemitas.

– Mas os ucranianos e os poloneses também são antissemitas – argumentei. – Qual é a diferença? O que pode piorar?

– Muita coisa, meu filho. hitler não cansa de dizer que nós, judeus, somos uma praga pior que ratos, que somos culpados por todos os

---

[5] Bolinho de peixe, sopa de beterraba, bolinho de matzá e pastel cozido.

problemas da Alemanha. Ele quer que os judeus sejam expulsos da Alemanha, que sejam destruídos.

– Até aí, o czar russo também não governava a nosso favor, e os ucranianos e poloneses dizem que nós matamos Cristo, que só pensamos em dinheiro, que somos ladrões, que matamos crianças *goyim* para tirar o sangue – continuei argumentando.

Tinha lógica no que eu dizia, era tudo verdade. Mas, àquela altura, eu ainda não entendia que o nazismo era muito mais grave para os judeus do que a política do czar ou qualquer outra implantada na Ucrânia até então.

– Nahum, eu não vou dizer que os ucranianos e os poloneses gostam de nós; eles não gostam. Mas o que está acontecendo na Alemanha é diferente: o governo implantou uma política de Estado que prega nossa eliminação. Existe uma política oficial contra os judeus.

Nesse momento, meu pai olhou fundo nos meus olhos, seu semblante ainda mais sério.

– Nahum, eu sei que nossa vida na Ucrânia não é um mar de rosas, mas os judeus na Alemanha sofrerão ainda mais. Com a ascensão de hitler ao poder, a vida de todos os judeus na Europa corre perigo.

– Pai, um antissemita é um antissemita – continuei insistindo. – Nós, judeus, sempre seremos considerados culpados pelos erros dos outros.

E eu tinha razão, mas, infelizmente, meu pai também tinha. O futuro provaria que, com hitler no poder, a vida dos judeus se tornaria muito pior.

Capítulo 4

No dia seguinte à conversa com meu pai, fui até a casa de Joel, que já me esperava do lado de fora. Estávamos empolgados para realizar uma operação secreta: colher ameixas.

Alguns dias antes, Joel tinha descoberto uma ameixeira no meio da floresta, segredo que contou só para mim. Ele sabia que era minha fruta preferida, e as ameixas-vermelhas da Ucrânia são as melhores e mais doces do mundo.

– Nahum, esse segredo tem que ficar entre nós – ele disse na ocasião. – Se alguém descobrir, não vai sobrar uma ameixa sequer!

Eu rolei de rir, mas era verdade: se a notícia chegasse aos outros garotos, as frutas acabariam num piscar de olhos. Assim, decidimos agir na surdina e criamos até um nome para a operação: Missão Rubi, em homenagem à cor das ameixas.

– Como será que uma ameixeira cresceu no meio da floresta? – perguntei, de repente me dando conta do quão estranho era aquilo.

As florestas ucranianas são muito diferentes das brasileiras: não há árvores frutíferas nem plantas comestíveis, como descobri poucos anos depois, apenas pinheiros e vegetação rasteira. Já no Brasil, há de tudo: banana, jaca, jabuticaba, amora, pitanga, mandioca... Se a gente chupa uma laranja e cospe o caroço no mato, dali a pouco brota uma laranjeira. Que país abençoado!

– Acho que alguém entrou lá pra comer escondido, jogou os caroços no chão e o pé acabou nascendo – respondeu Joel, rindo.

Parecia a única explicação possível, então concordei. Ao chegar à floresta, entramos com cuidado para ninguém nos ver ou seguir. A ameixeira estava carregada, era só colher os frutos. Eu era mais baixo que o Joel e, para alcançar as ameixas mais altas, subia nos ombros dele.

Nós comemos até passar mal. Aprendi na marra que as ameixas têm muitas fibras, e quando consumimos fibras em excesso... bem, é banheiro na certa!

Naquele dia, minha amizade com Joel se fortaleceu mais ainda. Ele podia ter comido tudo sozinho ou chamado outro amigo para ir junto, mas fez questão de partilhar o segredo apenas comigo. Foi muito legal da parte dele, e considerei essa atitude uma grande prova de amizade.

Depois disso, prometi ao Joel que sempre dividiria com ele meus segredos e nunca o deixaria na mão. Não importava o que acontecesse, eu estaria sempre ao lado dele. Infelizmente, não consegui cumprir essa promessa: no dia que ele mais precisou de mim, não pude fazer nada para ajudá-lo. Até hoje carrego esse peso comigo.

Depois de nos empanturrarmos, decidimos encher os bolsos do casaco e levar algumas ameixas para casa. Eu sabia que Miriam, minha irmãzinha, ia adorar. Não era fácil conseguir frutas naquela época, tudo era muito caro e escasso. Além disso, aquelas ameixas estavam no ponto.

Nunca vou esquecer a carinha que Miriam fez ao ver minhas mãos cheias de ameixas. De tão feliz, ela correu para me dar um beijo. A maioria dos meus amigos brigava com as irmãs pequenas, mas com Miriam era diferente: ela era muito carinhosa e gostava muito de mim, e eu também a adorava. Nos dávamos muito bem.

Miriam era miudinha e tinha os cabelos bem pretos e compridos, que usava sempre trançados na parte de trás da cabeça, no estilo ucraniano. Aprendera a ler e a escrever rapidamente e era ótima aluna. Ao contrário de mim, ela adorava ir à escola e, mesmo no inverno, acordava e se vestia sozinha, enquanto eu enrolava para sair da cama. Ela também ajudava nossa mãe a preparar o café da manhã e, quando voltávamos para casa, a fazer o almoço e o jantar.

Miriam era dessas pessoas certinhas, organizadas e dedicadas, enquanto eu era mais bagunceiro e despreocupado. Achava até estranho dois irmãos serem tão diferentes. Anos depois, quando tive filhos e netos também tão diferentes uns dos outros, foi impossível não me lembrar dela.

Até o jeito de Miriam comer ameixas era diferente. Enquanto eu enfiava a fruta inteira na boca, girando-a nos dentes para tirar o caroço, minha irmã ia mordendo pedacinho por pedacinho com o maior cuidado.

– Irmão, você não tem medo de engolir o caroço? – ela me perguntou uma vez. Sempre me chamava de "irmão", nunca de Nahum.

– Não, Miriam, eu gosto de comer como um urso! Aposto que eles enfiam tudo na boca e engolem com caroço e tudo.

– Então você é meu irmão urso! – ela riu, batendo palminhas e jogando-se nos meus braços.

Até hoje sinto muita falta de Miriam e, dezenas de anos depois de ela ter partido, ainda sonho com minha única irmã. Tantos anos depois, ainda acordo no meio da noite e a vejo na minha frente, ao pé da cama. Não consigo tocá-la ou abraçá-la, mas sei que ela está ali, olhando para mim com aqueles olhinhos pretos lindos, eternamente jovem, com seu cabelo trançado. Ela parece querer me perguntar alguma coisa, mas se contém, talvez com medo de me magoar.

Numa dessas noites em que Miriam apareceu nos meus sonhos, achei que ela quisesse saber o que eu estava fazendo que não a ajudei. Sem conseguir me conter, falei em meio às lágrimas:

– Me desculpe por não ter conseguido te salvar, irmãzinha.

Ela então me encarou com uma expressão suave, falando pela primeira vez:

– Sei que você não teve culpa, irmão. Só vim aqui para ver você. Por favor, não chore.

Até hoje, porém, aos 90 anos, ainda choro de saudade da minha irmãzinha Miriam.

Capítulo 5

Em 1935, depois das grandes festividades do *Yom Kipur*, o Dia do Perdão, celebrado dez dias após o Ano-Novo Judaico, novas reuniões aconteceram nas sinagogas para discutir a situação da Alemanha. Os templos estavam tão lotados que nem eu nem Joel entramos dessa vez. Do lado de fora, esperamos nossos pais saírem para contar as novidades.

Pela expressão das pessoas, dava para sentir o clima de preocupação. Tudo parecia ter piorado. O desânimo era geral.

Ansioso para saber o que de tão ruim tinha acontecido, vi meu pai sair da sinagoga e corri atrás dele, cheio de perguntas. Ele então me explicou que os nazistas haviam implementado uma série de leis raciais contra os judeus na Alemanha, muito piores que as leis do czar. Segundo os nazistas, o objetivo era "proteger o sangue e a honra dos alemães".

As novas leis proibiam médicos, advogados, professores e profissionais liberais judeus de exercer suas funções. Também impediam os judeus de ir ao cinema, usar piscinas públicas, andar nas calçadas, sentar nos bancos das praças, andar de bonde, ouvir rádio e muitas outras atividades corriqueiras. O casamento misto – ou seja, entre judeus e não judeus – também se tornou ilegal.

A lista de proibições era imensa, mas eu não entendia como isso poderia "proteger o sangue e a honra dos alemães".

– O nazismo não faz sentido, meu filho – disse meu pai. – Esses arianos são *mishiguenes*, malucos e perigosos.

As leis nazistas haviam sido aplicadas na Alemanha, longe da Ucrânia, mas, por oficializarem o antissemitismo, os judeus de Ryschka ficaram bastante preocupados. Eu, no entanto, confesso que não fiquei. Aos 10 anos, a gente não se preocupa muito com o futuro.

Mesmo assim, eu entendia que nem o czar, nem os ucranianos, nem os poloneses tinham ido tão longe com seu ódio contra os judeus.

Poucos anos depois, quando os nazistas invadiram Ryschka e estabeleceram as leis raciais, assim como fizeram em todos os lugares que conquistaram, eu entendi a preocupação do meu pai. Eu senti na pele as consequências das leis. E elas também fizeram parte da minha transformação em urso.

Capítulo 6

Em dezembro de 1938, eu estava prestes a fazer 13 anos. Depois das aulas, então, em vez de correr para brincar na rua, eu tinha que ir à sinagoga estudar para o *bar mitzvah*.

Minha família não era *shomer shabat*, o que significa que não seguíamos estritamente as regras do dia sagrado do descanso, mas praticávamos os rituais judaicos. Meu pai não usava barba, não cobria a cabeça nem rezava todos os dias, mas nos fazia ir à sinagoga aos sábados, assim como minha mãe acendia as velas do *shabat*, porque essa era a tradição entre os judeus da nossa cidade. Éramos *kasher*, ou seja, as carnes que consumíamos eram preparadas seguindo o ritual *kashrut*. Além disso, não consumíamos carne de porco nem misturávamos carne com leite.

Ainda de acordo com as tradições, eu fiz *brit milah* ao nascer, ou seja, fui circuncidado. Agora, quando completasse 13 anos, faria *bar mitzvah*. Eu esperava que, passada a cerimônia, minha mãe fosse se preocupar menos comigo e me tratar como homem, mas é claro que isso não aconteceu. Após o *bar mitzvah*, minha *iídiche mame* continuou me tratando exatamente como antes.

"Vista o casaco, Nahum. Está muito frio."

"Não corra na rua! Você pode cair e se machucar."

"Não chegue em casa depois de anoitecer."

"Você está muito magro. Coma tudo o que está no prato, ou vai me deixar doente!"

Confesso que nunca entendi por que *ela* ficaria doente se *eu* não comesse tudo, mas lhe obedecia mesmo assim.

O ano do meu *bar mitzvah* trouxe muita alegria para minha família, mas também muitas preocupações para os judeus de Ryschka. No início de 1938, a Áustria foi anexada pela Alemanha Nazista, pois hitler era austríaco e achava que os dois países deviam ser um só. No rádio, ele berrava seus objetivos: "Um povo, uma língua, uma nação".

Pouco depois, a Alemanha anexou o território dos Sudetos, na Tchecoslováquia, sob a desculpa de que ali havia uma grande população alemã. Inglaterra e França, as grandes potências da Europa na época, achavam que hitler sossegaria depois disso, então não se opuseram. Que tolice! Esse diabo tinha planos de conquista muito maiores e estava pouco se lixando para a diplomacia.

Em 9 de novembro de 1938, a violência atingiu o ápice com a Kristallnacht, a Noite dos Cristais. *Pogroms* foram organizados em todo o território da Alemanha e da Áustria, e os nazistas atacaram violentamente a população judaica. A desculpa para o ataque era vingar o atentado contra Ernst Vom Rath, um diplomata alemão que trabalhava em Paris.

Quem matou o tal Vom Rath foi Herschel Grynszpan, filho de imigrantes poloneses que havia nascido na Alemanha, na cidade de Hanover. Quando as leis raciais entraram em vigor no país, a situação da família ficou muito difícil: o pai de Herschel perdeu a pequena loja da família e todos passaram a sofrer com a fome, com a violência e com dificuldades de todo tipo.

Para piorar, em agosto de 1938, todos os judeus que não tinham nascido na Alemanha – como era o caso dos pais de Herschel – foram expulsos do país. A família teve de voltar à Polônia, mas ao chegar lá foi impedida de entrar no país, que não queria mais judeus em seu território. Acabaram largados na fronteira entre a Alemanha e a Polônia, junto de muitos outros judeus, sem comida ou abrigo, sob o clima frio e chuvoso do outono. Foi uma situação aterrorizante.

Naquela época, Herschel vivia em Paris, e assim que soube da situação da família decidiu se vingar dos nazistas. Impossibilitado de matar hitler, optou por matar um alemão que o representasse: o embaixador da Alemanha na França. Chegando à representação alemã em Paris, no entanto, o embaixador não estava. Herschel foi recebido pelo diplomata Ernst Vom Rath, em quem descarregou sua arma.

Herschel sabia que seria pego, mas cumpriu a missão e vingou seus pais.

hitler, que já queria um motivo para atacar os judeus, viu nesse incidente uma oportunidade. Assim que a notícia do atentado se espalhou, Joseph Goebbels, ministro da Propaganda do Reich, começou uma rápida campanha para incentivar os alemães a vingarem Vom Rath. O objetivo era atacar todos os judeus, como se todos fossem culpados, e destruir suas propriedades. Foi dada, então, a ordem do *pogrom*. Reinhard Heydrich, um dos líderes da Schutzstaffel – organização paramilitar do Partido Nazista, mais conhecida como SS –, organizou o ataque, que contou com o apoio de militares e civis alemães. O resultado dessa investida foi assustador: 91 judeus foram mortos e milhares foram agredidos; 267 sinagogas foram incendiadas; 75 mil lojas judaicas foram depredadas; cerca de 30 mil judeus foram presos e mandados para campos de concentração que já existiam na Alemanha, como Dachau, Buchenwald e Sachsenhausen, onde, além de enfrentarem condições de sobrevivência dificílimas, foram submetidos a mais violência.

E sabe por que os judeus foram presos? Apenas por serem judeus! Os alemães não falaram absolutamente nada a respeito, não questionaram as mortes, as prisões ou a destruição do patrimônio judaico. O único protesto partiu do Ministério das Finanças, que reclamou que as companhias de seguro teriam um imenso prejuízo para reparar as propriedades dos judeus. A "solução" foi obrigar os próprios judeus a pagarem uma indenização de um bilhão de marcos pela desordem e pelos prejuízos causados pelos nazistas.

Nós ficamos muito chocados. O povo alemão era considerado civilizado, educado e culto, mas se mostrou mais bárbaro do que todos os outros que nos exploraram. Todos eram antissemitas, é verdade, mas, em pleno século XX, os alemães protagonizaram um massacre semelhante ao perpetuado por Bogdan Khmelnytsky, o assassino ucraniano responsável pela morte de mais de 100 mil judeus no século XVII.

Muitos podem achar que Herschel errou, que seu ato propiciou o *pogrom*, mas eu não acho. Se o ataque não tivesse acontecido por esse motivo, teria sido por outro. O que hitler queria mesmo era testar se os alemães estavam preparados para enfrentar fisicamente os judeus. E a Kristallnacht provou que estavam. *Mazal Tov*, Herschel, por ter lutado. Meus parabéns.

A partir desse *pogrom,* os únicos assuntos entre os judeus de Ryschka eram hitler, perseguição antissemita e guerra.

Foi aí que o espírito de urso começou a se revelar dentro de mim.

O mundo inteiro achava que haveria uma grande guerra. Alguns diziam que a Inglaterra e a França não permitiriam que o confronto começasse na Europa, mas, depois que ambas as nações fizeram vista grossa para a anexação dos Sudetos, eu não acreditava muito nisso.

Os discursos de hitler eram transmitidos pelo rádio, e, como eu entendia alemão, ficava impressionado com o ódio que ele colocava para fora. O sujeito era totalmente louco, e mais loucos ainda eram os alemães que concordavam com tudo aquilo.

A Europa caminhava para a destruição. Vinte anos após a Primeira Guerra Mundial, já se falava outra vez em guerra, e a Alemanha era novamente a protagonista.

Mas, aos 13 anos, eu era muito otimista. Sempre fui. *A situação chegou ao fundo do poço,* pensei comigo. *A partir daqui, só é possível melhorar.*

Infelizmente, eu estava enganado. O poço era muito mais fundo.

Capítulo 7

O verão chegou, e, como em todos os anos, eu estava ansioso para ir com a minha turma nadar no rio Ikva.

No verão, a temperatura em Ryschka podia passar dos 30 graus, mas a água do rio era sempre fria. Pelo menos não era congelante, como nos outros meses do ano, que não dava nem para colocar o pé. No inverno, era possível até patinar no gelo que se formava na superfície. Nos divertíamos muito cruzando o rio com nossos patins improvisados.

Mas, quando o verão chegava e a água do Ikva ficava menos gelada, era hora de nadar. E é claro que, todos os anos, eu ouvia o mesmo sermão da minha mãe: "Tome cuidado com o rio. Você não sabe nadar direito e o Ikva é perigoso!".

Só para deixar registrado, eu nadava como um peixe!

Segundo a minha mãe, a única coisa segura para se fazer era tomar canja de galinha em casa. Mesmo assim, ela advertia: "Cuidado ao engolir, ouviu? Pode ter passado algum ossinho que eu não vi".

Meu pai, por outro lado, não dava palpite e deixava eu me divertir à vontade. Quando minha mãe exagerava nos conselhos, eu olhava para ele, que acenava como quem diz "deixa pra lá", ou falava em iídiche "*azoy, azoy*". E eu deixava pra lá. *Azoy, azoy*.

Depois das aulas, as crianças da minha turma se dividiam em dois grupos: o que ia para a sinagoga estudar e o que ia brincar na rua, subir em árvores, nadar no rio, jogar bola com os amigos. Vocês podem imaginar qual era o meu.

Aprendi a nadar sozinho, desbravando o rio primeiro até onde dava pé, depois indo cada vez mais fundo. Naquela época, não existiam escolas de natação nem casas com piscina; quem quisesse aprender a nadar precisava pular no rio e dar um jeito de não afundar. Imagino que os ursos também aprendam a nadar assim. Pelo menos eu nunca vi um urso ensinando o filhote a dar braçadas.

E nadar no rio Ikva era a melhor diversão que havia em Ryschka.

Certo domingo de sol forte, juntamos a turma e corremos para o rio. Tiramos as roupas assim que chegamos à margem e pulamos na água. Às vezes um peixe passava perto de mim, mas eu não conseguia pegar nenhum; eles eram muito rápidos! Os ursos deviam ter algum truque para pescar sem vara ou anzol.

Eu estava praticando minhas habilidades de caça e mergulho quando, ao voltar à superfície, senti uma pancada forte na cabeça. Olhei para a margem e vi uma turma de ucranianos jogando pedras na gente. A pancada doeu muito, e, quando passei a mão na cabeça, ela ficou suja de sangue. Eu não sabia qual daqueles desgraçados tinha me acertado, então decidi que todos pagariam caro por isso.

Com um assovio, reuni meus amigos e começamos a bolar um plano. Os ucranianos não paravam de jogar pedras, então precisamos nos afastar mais da margem e mergulhar o tempo todo para nos protegermos.

– Que situação complicada essa em que a gente se meteu! – comentou Joel.

– Quem vai querer entrar numa briga pelado?! – perguntou Mendel, indignado.

Analisando a situação, vi que realmente estávamos em desvantagem. Em primeiro lugar, estávamos dentro da água, sem paus ou pedras para usar como armas. Em segundo lugar, como observou Mendel, estávamos totalmente pelados. Em terceiro lugar, eles eram seis e nós apenas cinco.

Além disso, os moleques estavam na margem do rio, ou seja, um nível acima de nós; se nos aproximássemos, tomaríamos pedrada. Também não dava para atravessar o rio e sair do outro lado. O rio Ikva é muito largo, e, mesmo que conseguíssemos nadar até o outro lado, nossas roupas estavam na mesma margem que os ucranianos.

– Não vou voltar pelado pra casa! – reclamou Mendel, com razão.

Nenhum de nós iria. Por sorte tínhamos escondido nossas roupas antes de entrar na água, ou aqueles garotos teriam pegado tudo.

Por fim, não dava para seguir pela margem do rio e sair adiante, pois eles certamente nos seguiriam. Precisávamos descobrir uma maneira de escapar daquela situação, e rápido. Não podíamos ficar na água o dia todo, esperando anoitecer para tentar escapar no escuro; no verão, escurece bem tarde na Ucrânia, por volta das onze da noite, e nossos pais ficariam preocupados.

Precisei pensar muito para conseguir achar uma saída. Depois de examinar cada um dos ucranianos, escolhi um deles como alvo: o mais fraco, que aparentava não saber nadar. Ele provavelmente teria medo da água.

Com um plano em mente, juntei os amigos outra vez e passei as instruções.

– Vocês quatro vão mergulhar e nadar contra a correnteza, subindo o rio. Finjam que estão tentando escapar por baixo d'água, mas deixem que eles vejam vocês fazendo isso. Nadem até não aguentar mais! Eles vão seguir vocês para impedir que saiam do rio.

– E o que você vai fazer? – quis saber Joel.

– Nadar na direção contrária, a favor da correnteza, assim vou conseguir ir mais rápido e sair lá na frente. Eles estarão distraídos seguindo vocês e não vão perceber quando eu me aproximar para atacá-los por trás.

Enquanto conversávamos, pedras e pedaços de pau voavam em nossa direção. Eu queria estraçalhar aqueles ucranianos!

– Mas como você vai enfrentar os seis sozinho? – indagou Mendel, finalmente esquecendo o assunto das roupas.

– Deixem isso comigo. Vamos lá, quando eu contar até três, vocês mergulham e nadam. Confiem em mim que vai dar tudo certo!

Depois de contar até três, respirei fundo, mergulhei e nadei na direção da correnteza, dando braçadas fortes e rápidas para chegar o mais longe possível. Quando fiz a curva em direção à margem e coloquei a cabeça para fora, vi que a estratégia tinha funcionado: os ucranianos estavam correndo na direção dos meus amigos e não perceberam que eu tinha ficado para trás.

Saí do rio e, bem devagar, sem fazer barulho, fui na direção deles. Estavam os seis de costas para mim, jogando paus e pedras nos meus amigos e impedindo-os de se aproximar da margem. Depois de identificar meu alvo, esperei chegar perto o suficiente e pulei com toda a força sobre ele. Caímos os dois dentro da água. Como eu imaginava, ele começou a gritar apavorado:

– Socorro! Eu não sei nadar! Me salvem!

Os ucranianos pararam de correr e se entreolharam sem saber o que fazer. Tinham sido pegos de surpresa. Não viram que eu tinha saído do rio e não entendiam como aquele idiota havia se jogado na água sem saber nadar.

Dentro do rio, eu agarrei o ucraniano pelos cabelos e o arrastei o mais longe possível da margem, puxando a cabeça dele para fora da água de tempos em tempos.

– Prestem atenção, seus filhos da puta! – gritei para o bando. – Vocês vão tirar toda a roupa, jogar na água e ir embora pelados. Senão, vou deixar ele afundar!

Um deles começou a se preparar para entrar na água.

– Não se preocupe, Ivan, eu vou te salvar!

Rapidamente, nadei com o tal Ivan para mais longe da margem.

– Se você pular, enfio a cabeça desse desgraçado na água e o afogo antes mesmo de você nos alcançar. – E então, para mostrar que não estava de brincadeira, enfiei mesmo a cabeça do Ivan na água, que ficou batendo os braços para fora.

Meus amigos, que já tinham se aproximado da margem novamente, agora entendiam minha estratégia.

Quando puxei a cabeça do garoto para fora, ele tossia sem parar, engasgado e apavorado.

Ficamos nessa situação por algum tempo: os ucranianos ameaçavam pular no rio e eu enfiava a cabeça do Ivan dentro da água outra vez. Eles me olhavam sem saber o que fazer, claramente confusos e assustados.

– Vou repetir só mais uma vez – falei, por fim, perdendo a paciência. – Vocês vão tirar a roupa, jogar no rio e vão embora. Senão, vou soltar o amiguinho de vocês e deixá-lo afundar feito pedra.

– Você não tem coragem. – Um dos filhos da puta me desafiou.

Na mesma hora, soltei o garoto. Ele se debateu como se estivesse levando um choque e começou a afundar. Em pouco tempo, era possível ver apenas as mãos dele para fora da água.

A essa altura, até meus amigos me olhavam apavorados. Senti que queriam se aproximar para salvar o ucraniano, mas lancei um olhar tão intimidador na direção do grupo que eles acharam melhor não me contrariar.

– Tá bom, tá bom! – gritaram os *goyim*, e começaram a tirar as roupas. – Só não deixe o Ivan morrer afogado!

Quando eu trouxe o idiota de volta à superfície, ele chorava feito criança.

– Agora joguem as roupas na água e caiam fora! – gritei para o bando. – Só vou tirar esse bebê chorão da água quando vocês estiverem bem longe daqui.

Sem saída, eles jogaram as roupas no rio. Quando estavam indo embora, o maior deles se virou para mim e gritou:

– Você não perde por esperar! Eu vou te pegar. Vai ter troco!

– Meu nome é Nahum, seu filho da puta! – berrei de volta. – Guarde esse nome, assim você não vai se esquecer de mim!

Depois que o bando se afastou, levei o garoto para a margem e o puxei para fora da água. Ele tossia, cuspia água e chorava sem parar. Dei uns tapas na cara dele.

– Para com isso! Você não é um bebê! – ralhei, mas não adiantou. Ele não parava de chorar.

Então, largamos ele lá, vestimos nossas roupas e fomos embora.

No caminho, Joel segurou meu braço, olhou fundo nos meus olhos e perguntou:

– Nahum, você teria coragem de afogar o garoto se os outros não tivessem ido embora?

– Eu não ia afogá-lo. Ia deixá-lo lá pra ele aprender a nadar sozinho – respondeu o urso dentro de mim.

Capítulo 8

Na manhã do dia 25 de agosto de 1939, meu pai abriu o jornal e viu, na manchete da capa, que a Alemanha Nazista e a União Soviética haviam assinado um acordo de não agressão, o Pacto Molotov-Ribbentrop, no dia anterior.

Eu não entendi nada. Como as duas nações tinham concordado com isso se eram inimigas mortais?

Na verdade, todo mundo ficou surpreso com a notícia. Como era possível nazistas e socialistas terem assinado um acordo de paz se um grupo queria destruir o outro? Para mim, era a mesma coisa que dizer que um lobo e um bezerro podiam ser amigos.

hitler passara anos discursando contra o bolchevismo, o socialismo e os judeus, chegando a acusar estes últimos de se unirem num complô mundial para conquistar o mundo e destruir a Alemanha. O grande camarada Stalin, de seu lado, acusava hitler e os nazistas de serem piores que o czar Nicolau II e a família Romanov juntos. Por isso, não acreditei nessa palhaçada de pacto. Na minha opinião, ambos os lados queriam ganhar tempo.

Isso porque Stalin sabia que hitler começaria a guerra pela Polônia, logo era melhor evitar uma invasão na União Soviética naquele momento. Stalin queria ganhar tempo para preparar melhor o exército e fabricar armas mais eficientes antes de entrar em confronto com os alemães. Do outro lado, a situação era semelhante: hitler queria ganhar tempo antes de brigar com os soviéticos, pois tinha outros planos naquela ocasião.

Não me pergunte como eu sabia de tudo isso aos 13 anos, mas eu sabia. O que não imaginei, e acho que ninguém imaginou, é que a União Soviética também invadiria a Polônia.

Dois dias depois, em 27 de agosto, meu pai chegou em casa e nos mostrou a capa do jornal. A manchete da primeira página informava que a guerra estava próxima.

– As tropas nazistas estão se posicionando na fronteira com a Polônia – relatou meu pai. – A Wehrmacht[6] não para de fabricar armas. A Luftwaffe[7] está recebendo cada vez mais aviões. Ingleses e franceses pedem calma e paz.

– Você acredita que vai haver uma guerra? – perguntou minha mãe, apreensiva.

– Não tenho a menor dúvida – meu pai respondeu. – Mas, quando isso acontecer, a França e a Inglaterra vão reagir e derrotar a Alemanha.

Embora pareça otimismo, havia lógica na fala do meu pai: Inglaterra, França e Polônia tinham assinado um acordo no qual prometiam defender uns aos outros em caso de ataque. Logo, se a Alemanha invadisse a Polônia, muitos imaginavam que a união faria a força contra o expansionismo nazista.

Eu, no entanto, não acreditava nisso. E infelizmente estava certo.

Uma semana depois da assinatura do Pacto Molotov-Ribbentrop, no dia 1º de setembro, acordei de madrugada e encontrei meus pais na sala ouvindo o rádio. A expressão deles era de muita preocupação.

– O que aconteceu? – perguntei.

– Shhh! – sibilou meu pai, me pedindo para ficar quieto.

Quando me sentei ao lado deles para ouvir as notícias, entendi que a Alemanha tinha invadido a Polônia. A guerra, que no Ocidente ficou conhecida como a Segunda Guerra Mundial e, no Leste Europeu, como a Grande Guerra Patriótica, tinha enfim começado.

As notícias informavam que a Luftwaffe estava bombardeando Varsóvia e as principais cidades polonesas. A Wehrmacht havia cruzado a fronteira por terra e avançava com rapidez. Minha mãe, que tinha parentes na Polônia, começou a chorar apavorada, imaginando o que os nazistas fariam com os judeus.

---

6 Forças armadas da Alemanha Nazista entre 1935 e 1945.

7 Ramo aéreo da Wehrmacht durante o regime nazista.

– Não se preocupe, querida – disse meu pai, abraçando-a e tentando consolá-la. – A Inglaterra e a França vão cumprir o acordo de defesa com a Polônia. Em poucos dias, a paz será assinada.

Àquela altura, eu já não sabia se meu pai era ingênuo ou se só estava tentando tranquilizar a gente.

Como eu suspeitava, nem a Inglaterra nem a França vieram em defesa da Polônia; apenas fizeram ameaças e pediram novamente por paz, mas seus exércitos não saíram do lugar. Foram covardes, assim como os ucranianos eram conosco, os judeus. E hitler, que só entendia a força dos canhões, pouco se importou com aquela diplomacia.

Naquela sexta-feira, passamos o dia todo ouvindo o rádio em casa. Eu não fui à escola nem meu pai foi trabalhar. No dia seguinte era *shabat*, e não preciso dizer que a sinagoga ficou lotada novamente. Dessa vez, decidi entrar e ouvir o que os adultos tinham a dizer.

O culto começou com o rabino pedindo para todos os presentes rezarem pela paz e pelos mortos. Em seguida, o presidente da sinagoga pediu a palavra.

– Estamos todos preocupados com a guerra que se inicia. A Alemanha Nazista está mostrando suas garras, e sabemos que o objetivo de hitler é conquistar os territórios do Leste em busca do que ele chama de "espaço vital para o povo alemão".

Os membros da sinagoga ouviram em silêncio as palavras do presidente, que falou por quase uma hora. Ao final do culto, o sentimento geral era de desamparo. Nas horas que se seguiram, tudo aconteceu muito depressa. As tropas alemãs avançavam rapidamente sobre o território polonês, um movimento simples para sua infantaria, que tinha poderosos tanques Panzer e uma vigorosa força aérea. A infantaria polonesa lutava literalmente a cavalo, como havia feito na Primeira Guerra Mundial, e quase não tinha força aérea. E, mesmo que tivesse, os poucos aviões e pistas de decolagem foram destruídos pela Luftwaffe nas primeiras horas da invasão.

No domingo, acordei com meu pai gritando de alegria e corri até a sala para saber o que tinha acontecido. O rádio noticiava que a Inglaterra e a França haviam declarado guerra contra a Alemanha. As pessoas comemoravam em todo o bairro, dançando nas ruas, se abraçando e cantando. Era como se a guerra já tivesse acabado e o mundo estivesse a salvo. A impressão era de que os ingleses e os franceses derrotariam os nazistas facilmente.

Na segunda-feira, porém, nenhum tirinho da França ou da Inglaterra.

Na terça-feira, nenhuma notícia de ataques anglo-franceses contra os alemães.

Nem na quarta, na quinta, na sexta ou no resto da semana.

Neville Chamberlain, primeiro-ministro da Inglaterra, e Édouard Daladier, presidente do Conselho da França, continuavam apenas discursando com veemência e pedindo paz, como se hitler fosse se abalar com palavras ou ameaças. Era a mesma coisa que eu tentar argumentar com um ucraniano para parar de me bater; ele só pararia se eu batesse de volta, e mais forte. Tem gente que não entende conversa mole, só pancada.

Depois de uma semana sem investidas contra a Alemanha, as pessoas começaram a cair em si e a duvidar daquela tal aliança. Onde estavam as tropas anglo-francesas que não atacavam os nazistas?

Enquanto isso, a Wehrmacht continuava invadindo a Polônia por terra, assim como a Luftwaffe continuava despejando bombas e destruindo as cidades via aérea. As mortes eram contabilizadas em dezenas de milhares.

Pela primeira vez ouvi falar em *blitzkrieg*, ou guerra-relâmpago, uma estratégia alemã imbatível. Primeiro, as forças aéreas despejavam centenas de bombas em território inimigo, desorientando o exército adversário. Depois, a infantaria, formada por tanques poderosos, passava por cima de tudo.

Os poloneses, mais fracos e despreparados que seus oponentes, não tinham a menor condição de enfrentar aquele poderoso exército. Enquanto as demais nações europeias insistiam em resolver tudo com diplomacia, os nazistas equipavam e treinavam seus soldados como máquinas de matar.

Na guerra, apendi que, quando uma situação parece não poder mais piorar, ela dá um jeito de ficar pior. A má notícia veio em 17 de setembro de 1939, um domingo. Nesse dia, acordei com meu pai se lamentando e minha mãe chorando.

– O que foi desta vez? – perguntei, começando a me sentir desesperançoso.

– A União Soviética está invadindo a Ucrânia e a Bielorrússia sob o pretexto de chegar à Polônia para defendê-la dos nazistas – respondeu meu pai.

– Como assim? – questionei, confuso.

– O verdadeiro objetivo do Pacto Molotov-Ribbentrop era dividir a Polônia ao meio, ficando metade para a Alemanha e metade para a União Soviética – meu pai começou a explicar. – hitler já foi atrás da sua parte, e agora que Stalin percebeu que a Inglaterra e a França não vão mover um dedo para salvar a Polônia, decidiu pegar sua metade também. Para isso, ele precisa passar pela Bielorrússia e por uma parte da Ucrânia que não está sob domínio soviético.

– E como ficamos nós, judeus da Ucrânia? E os judeus da Polônia? – quis saber minha mãe, preocupada.

Meu pai não soube o que responder. Pela primeira vez, percebi que ele concordava comigo: os ingleses e franceses não iam fazer nada para impedir a invasão alemã.

– Mas acho que a guerra vai acabar agora – completou ele, tentando soar otimista. – A Alemanha e a União Soviética já conseguiram o que queriam: conquistar a Polônia. Não vai demorar para a paz voltar a reinar na Europa.

Mais uma vez, eu me perguntei se meu pai acreditava mesmo nisso ou se só queria nos acalmar.

Capítulo 9

A estação ferroviária de Ryschka estava lotada. Eu nunca tinha visto tanta gente junta. Havia ido até lá com minha mãe, que procurava por parentes poloneses recém-chegados. Dos trens, famílias inteiras desciam com malas, baús e trouxas de roupas; e, das estradas, carroças carregadas com tudo o que se pode imaginar – malas, panelas, colchões, mesas, sofás, galinhas, até um piano eu vi – chegavam à cidade.

Os refugiados eram todos judeus egressos da Polônia. Chegavam primeiro às centenas, depois aos milhares. Ao todo, Ryschka recebeu quase 4 mil judeus, a maioria vinda de territórios poloneses ocupados pelos soviéticos, mas muitos, também, de territórios tomados pelos alemães. Para chegar a Ryschka, era preciso "apenas" entrar na Ucrânia, o que envolvia subornar *tovarichs* e comissários do povo, as principais autoridades atuantes nos Estados controlados pelos bolcheviques.

É claro que os ucranianos não gostaram nem um pouco desse êxodo. Em poucos meses, a população judaica em Ryschka aumentou cinquenta por cento. Para os antissemitas, isso não era nada bom, mas, para Stalin, funcionava como propaganda: o líder soviético queria mostrar ao mundo que o fascismo perseguia os judeus, enquanto o socialismo os recebia de braços abertos. Ah, a grande solidariedade socialista!

Depois de muito procurar na multidão, sem sucesso, concluímos que os parentes da minha mãe não estavam entre aquele grupo de recém-chegados. Ela ficou muito abatida quando se deu conta disso, pois sabia que os judeus corriam grande perigo na Polônia ocupada pelos nazistas.

Nas sinagogas da cidade, os rabinos convidavam os judeus poloneses para testemunhar o que estava acontecendo no país. As conversas eram em iídiche, assim todos conseguiam entender. Minha mãe, que achava que eu não devia ouvir más notícias, tentou me proibir de ir aos cultos, mas eu ia assim mesmo.

Os relatos eram os piores possíveis, chegava a ser difícil de acreditar. Mas acreditamos, porque todos juravam estar dizendo a verdade.

"Os nazistas estabeleceram leis raciais na Polônia. Agora, tudo é punido com morte."

"Se algum soldado alemão implicar com um judeu na rua, ele pode matá-lo na hora."

"Na minha cidade, os nazistas trancaram os judeus na sinagoga e tacaram fogo."

"Vi soldados nazistas arrastarem rabinos pelas barbas e lhes darem uma surra."

"Os poloneses estão ajudando os alemães na caça aos judeus."

Quando perguntei se ninguém reagia, eles me olharam como se eu fosse maluco.

– Reagir contra o exército? Eles estão armados com metralhadoras e fuzis – alguém argumentou.

– Mas é preciso lutar contra os nazistas! – insisti, acreditando ser possível atacar um exército da mesma maneira que eu atacava os garotos ucranianos que tentavam me bater.

– Quem reage é morto na hora – outro refugiado explicou. – Os nazistas são violentos e estão completamente amparados pelas leis raciais.

Com o passar dos dias, os recém-chegados foram se acomodando na cidade: quem tinha família se hospedava na casa de parentes, e quem não tinha tentava alugar um lugar para morar.

Por algum tempo, parecia que tudo ia se ajeitar e que a vida seguiria em frente.

Até que, alguns dias depois, acordei com tremores de terra, ronco de motores e um cheiro estranho no ar, que depois descobri ser diesel. Nunca tinha sentido esse cheiro antes, mas logo entendi o que significava.

Os tanques soviéticos haviam chegado a Ryschka.

Capítulo 10

Àquela altura da guerra, todos reclamavam da traição anglo-francesa, que abandonou a Polônia nas mãos de hitler.

No final de 1939, a invasão de Ryschka pelos soviéticos mudou a vida de toda a população da cidade e, é claro, de todos os judeus. O regime socialista foi implementado. As propriedades privadas, incluindo lojas e fábricas, foram tomadas pelos *tovarichs*. Todas as práticas religiosas foram proibidas; e as igrejas e sinagogas, fechadas.

Por decreto, o socialismo determinou que Deus não existia.

As religiões sempre foram expressões culturais poderosas no Leste Europeu, fator que representa um grande perigo para Estados totalitários. No socialismo, o único poder permitido é o do Partido Comunista, e os únicos deuses a serem cultuados eram Stalin, Lenin e Marx, os grandes protetores do proletariado.

Os partidos políticos também foram extintos; e as bandeiras nacionais, trocadas pela bandeira com a foice e o martelo do Partido Comunista. Nenhuma oposição era tolerada.

No regime nazista, a situação era a mesma: a bandeira da Alemanha foi substituída pela suástica, e os nazistas também não acreditavam em Deus – afinal, hitler era deus.

Se na União Soviética os opositores eram mandados para *gulags*, os campos de trabalho forçado na Sibéria; na Alemanha a oposição era enviada para os campos de concentração de Dachau, Mauthausen, Sachsenhausen e tantos outros.

Em outras palavras, Stalin e hitler eram venerados por lados opostos, mas tinham mais em comum do que gostariam de admitir.

Com a proibição das religiões na Ucrânia, as instituições judaicas também foram impedidas de funcionar. Não havia mais escolas judaicas ou católicas; todas passaram a ser laicas. Até os hospitais judaicos foram fechados. A única organização judaica permitida era o serviço de distribuição de alimentos para refugiados vindos do Oeste, que não tinham como se sustentar. Minha mãe se tornou voluntária dessa organização, na qual ajudou a cozinhar para centenas de pessoas.

Certo dia, meu pai chegou em casa com uma notícia preocupante: haviam prendido Isaac Perl, presidente da Organização Sionista, e vários outros líderes judaicos. Não sabíamos se o motivo era o antissemitismo dos ucranianos ou o antissionismo dos socialistas, que viam a organização como uma ameaça política.

Mas os judeus não foram os únicos prejudicados com as mudanças em Ryschka. De uma hora para a outra, os camponeses foram obrigados a entregar toda sua produção para a cooperativa central do Partido Comunista. A colheita da terra, os bois e as vacas, os porcos e as galinhas, tudo era expropriado pelos *tovarichs*. Assim, não demorou a faltar comida para abastecer a cidade.

Foi nesse momento que surgiu o mercado ilegal. E, como já vimos, quem ajudava a organizar esse comércio eram os judeus.

No começo, isso trouxe algumas vantagens, mas depois se provou ser um negócio muito ruim para os judeus. É que, apesar de o mercado ilegal permitir aos ucranianos vender seus produtos a preços compensadores, o antissemitismo aumentou consideravelmente nesse período, pois os ucranianos não gostavam que os comerciantes judeus ficassem com parte do dinheiro. Formou-se, assim, um ciclo vicioso e perigoso: os camponeses não conseguiam vender suas mercadorias sem a ajuda dos judeus e, por outro lado, como os judeus intermediavam os negócios, isso irritava os ucranianos.

Mesmo assim, a vida seguia.

O socialismo era o grande inimigo do nazifascismo, então as más notícias sobre a Alemanha chegavam até nós rapidamente. Quando o *Pravda*, único jornal permitido pelo Partido Comunista, noticiou a existência dos campos de concentração nazistas, ficamos todos horrorizados. Os campos eram verdadeiras fábricas de tortura para onde eram enviados opositores políticos do nazismo, romanis, homossexuais, pessoas com deficiência e, principalmente, judeus.

Em geral, era difícil acreditar no *Pravda*, considerado um porta-voz do governo. Embora não se falasse em disseminação de notícias falsas na época, quase tudo o que era publicado pelo jornal era falso. Um exemplo: o *Pravda* noticiava que a safra de trigo tinha batido recorde de produção quando, na verdade, faltava pão na mesa do povo. E o mais irônico é que a palavra *pravda*, em russo, significa "verdade".

Mas, nesse caso específico dos campos de concentração, nós sabíamos que era verdade. Os nazistas realmente prendiam todos que eram contra o regime.

Joel, que estava na minha casa quando meu pai chegou com o jornal, confirmou a notícia.

– Meu tio acabou de chegar da Polônia e disse a mesma coisa. Os nazistas construíram um campo de prisioneiros em Oświęcim, uma cidade perto da Cracóvia, e mandaram para lá todos que são considerados inimigos, perigosos ou subversivos. Dizem que a situação é terrível. Os prisioneiros apanham e são forçados a trabalhar em condições péssimas, sem comida, banho ou colchão para dormir.

Era impossível não se chocar, principalmente porque, até então, a situação dos judeus em Ryschka não tinha piorado muito sob o domínio soviético. É verdade que faltava comida, que muitas pessoas haviam perdido o emprego e ido trabalhar para a cooperativa, que a guerra tornava tudo mais difícil, mas isso se aplicava a todos, judeus e não judeus. Ninguém tinha privilégios, a não ser os comissários do povo e os *tovarichs*, que trabalhavam em prol do governo. Afinal, no socialismo, como dizia George Orwell, todos são iguais, mas uns são mais iguais do que os outros.

Pelo rádio, ouvíamos o camarada Stalin discursar todos os dias. Suas palavras tinham o objetivo de animar e levantar o moral do povo: o líder soviético dizia que não precisávamos nos preocupar, pois os nazistas não invadiriam nosso país. E, se por acaso o fizessem, encontrariam um exército muito bem armado e preparado para expulsá-los. Mas, olhando para os soldados soviéticos e para os armamentos que eles portavam, eu não confiava nisso. Para mim, não parecia que eles estavam em condições de enfrentar a poderosa Wehrmacht.

Já nas transmissões da rádio alemã, ouvíamos hitler continuar destilando veneno contra socialistas, judeus, bolcheviques, ingleses, franceses, enfim, todos que não eram considerados "arianos puros".

A União Soviética e a Alemanha viviam se ameaçando. Pareciam dois moleques disputando quem era mais forte e gritando um cara na cara do outro: "Vou te bater", "Bata se for homem", "Vou quebrar a sua cara", "Se encostar a mão em mim, você vai ver!". No entanto, ninguém dava um passo à frente.

Capítulo 11

Nos primeiros meses de 1940, hitler só esperou o inverno acabar para voltar aos ataques. Enquanto a Inglaterra e a França insistiam em tentar resolver tudo com diplomacia e acordos com o diabo, o tal diabo invadiu a Dinamarca, que se rendeu no mesmo dia, e a Noruega, que resistiu um pouco mais.

Mas o pior acontecimento se deu em maio daquele ano, com um ataque à França. O país, que subestimava o poderio alemão, acreditava ter uma linha de defesa intransponível, formada por uma série de fortificações entre a fronteira com a Alemanha e a Itália, a chamada Linha Maginot. Mas como foram estúpidos! Para invadir a França, a Alemanha usou a mesma estratégia que eu usei contra os moleques ucranianos no rio Ikva: os soldados deram a volta pela Linha Maginot e surpreenderam o exército francês, que vigiava apenas a fronteira com a Alemanha, aguardando um ataque frontal, com um ataque por trás. A Holanda e a Bélgica, que tinham exércitos despreparados, caíram rapidamente, e os tanques Panzer logo avançaram pelo território francês.

Não era preciso ser um gênio para fazer essa jogada. Até eu tinha feito! Comecei a achar que, para entender de estratégias militares, não era necessário ser nenhum general especializado em batalhas. Bastava ser esperto.

A edição do *Pravda* de 23 de junho de 1940 trouxe uma manchete devastadora, que deixou todos em Ryschka de boca aberta: a França havia se rendido à Alemanha.

– Não posso acreditar – disse meu pai ao ler a notícia. – Os nazistas venceram os franceses! E o mais vergonhoso: hitler exigiu que o governo francês assinasse a rendição no mesmo vagão de trem onde o governo alemão assinou a rendição na Primeira Guerra.

Mais uma vez, ficamos em choque. Todos achavam que a França tinha um grande e poderoso exército, mas seus soldados resistiram por menos tempo do que a Polônia. A *blitzkrieg* e seus ataques-relâmpago eram infalíveis. A sensação era de que ninguém conseguiria derrotar o exército alemão.

Eu, que acompanhava tudo com muita atenção, sentia meu ódio aos nazistas crescer a cada dia. Quando ouvia notícias da guerra, meus pelos se arrepiavam. O urso despertava cada vez mais dentro de mim.

Enquanto isso, os nazistas ocupavam um país após o outro. A Europa Ocidental caía como um castelo de cartas.

O camarada Stalin também não perdeu tempo: com sua política expansionista, a União Soviética aproveitou a confusão no continente europeu para expandir ainda mais suas fronteiras. Àquela altura, quem iria impedi-los? A França estava nas mãos dos nazistas, e a Inglaterra lutava pela própria sobrevivência. Estavam todos tão atrapalhados que nem se preocuparam com Stalin.

Pode parecer incrível, mas em 1940 nos sentíamos um pouco mais seguros debaixo do guarda-chuva da União Soviética. Se o pacto de não agressão ia durar para sempre, nós não sabíamos, mas tínhamos a sensação de estar protegidos sob as asas do titio Stalin.

O que nos preocupava era que o maluco do hitler continuava a discursar sobre expandir a Alemanha para o Leste, e o Leste éramos nós! Ele berrava que os socialistas eram inimigos, e nós éramos os socialistas; gritava que os judeus deviam ser exterminados, e nós éramos os judeus. Era impossível dormir sossegado com um maluco desses solto por aí.

Para nossa sorte, Stalin não era bobo nem ingênuo. Se existia alguém que não confiava em hitler, era ele. A União Soviética se preparava para a guerra que mais cedo ou mais tarde aconteceria: a produção de armas foi dobrada, novos tanques de guerra e aviões de combate foram desenvolvidos e o exército foi aumentado e treinado.

Stalin tinha certeza de que era questão de tempo até os alemães rasgarem o Pacto Molotov-Ribbentrop e invadirem a União Soviética. E ele estava certo.

Capítulo 12

O ano de 1940 demorou para passar. Acho que, quando só se recebe notícias ruins – e naquele ano as notícias foram uma pior que a outra –, o tempo se arrasta, demora, parece durar uma eternidade. A guerra virou o mundo de ponta-cabeça, e tudo ia piorar muito a partir de 1941. Futuramente, eu me daria conta de que 1939 e 1940 haviam sido anos excelentes comparados com os que se seguiriam.

Em 24 de dezembro de 1940, chegou o *Chanukah*, a Festa das Luzes judaica. Quando entrei em casa naquele dia, a primeira vela da *Chanukya*, um tipo de castiçal de oito velas, já estava acesa. O socialismo proibia a prática do judaísmo, mas fazíamos nossos rituais assim mesmo.

Meus pais organizaram uma festa muito legal em casa, com todos os meus tios, primos e avós maternos e paternos. Cada *iídiche mame* trouxe um prato, e, apesar das dificuldades da guerra, naquele dia não faltou comida. Pelo contrário, comi como nunca na vida. Eu estava naquela idade em que um menino é capaz de engolir um boi inteiro.

Apesar da alegria de ter a família reunida, o assunto entre nós era um só: a guerra. Não dava para evitar. As notícias, que chegavam por carta ou por algum fugitivo de regiões em conflito, eram assustadoras, e estávamos todos preocupados com os parentes judeus espalhados pela Europa.

Minha mãe pedia para mudarmos de assunto a todo momento. Aquele era um dia para celebrar a alegria, a família, o significado das luzes num mundo cada vez mais sombrio. Ela queria que aquele jantar de *Chanukah* fosse diferente dos outros, que fosse alegre e inesquecível, sem assuntos de guerra e perseguições.

Foi ideia da minha mãe reunir a família inteira naquele ano, coisa rara de acontecer. Acho que ela pressentia que tempos ainda mais sombrios estavam por vir, e tinha toda a razão.

Em 1940, eu tinha 15 anos. Foi o último jantar de *Chanukah* que passei com a minha família.

Capítulo 13

No início de 1941, assim que a neve começou a derreter, avisando que o inverno tinha acabado, o exército soviético atravessou Ryschka a caminho da Polônia. O objetivo de Stalin era reforçar a linha de defesa na fronteira com a Alemanha.

Para um garoto de 15 anos, ver o exército marchar era como assistir ao maior desfile do mundo. Nós corríamos atrás dos tanques, que tinham uma estrela vermelha pintada na couraça. Eram imensos, barulhentos, soltavam muita fumaça e deixavam um fedor horrível de óleo diesel no ar. O chão até tremia quando cruzavam as ruas, e, apesar de empolgado, agradeci por não terem passado perto da minha casa, ou ela provavelmente desabaria.

Os trens também passavam por Ryschka, deslizando pelos trilhos que margeavam a cidade e carregando canhões maiores que os próprios vagões. Iam devagar, fazendo um esforço danado para transportar aquela artilharia toda, gemendo sob o peso de tantas toneladas de aço.

Milhares de soldados seguiam junto dos armamentos. Iam a pé, de trem, de caminhão, empoleirados nos tanques, a cavalo, do jeito que conseguiam. Era uma festa quando eles passavam entre os judeus: os homens aplaudiam, as mulheres mais jovens jogavam flores e beijos, enquanto as mais velhas distribuíam doces e fatias de bolo, que eram devoradas na hora.

Toda essa alegria tinha explicação: para os judeus, o exército soviético era uma garantia de que os nazistas não chegariam até nós e, quem sabe, seriam até derrotados.

Os ucranianos já não pensavam assim. A Ucrânia sempre foi um país dominado por outros, e, ao contrário de nós, eles odiavam os soviéticos e achavam que os alemães iriam libertá-los. Eles adoraram quando os nazistas chegaram – afinal, se os alemães eram inimigos dos soviéticos, eram automaticamente aliados dos ucranianos. Grande ilusão. Não demoraria muito para eles descobrirem que se aliar aos nazistas não era uma boa ideia.

Assim, os ucranianos também assistiram à passagem do exército soviético, mas sem aplaudir. E nós não desconfiamos de suas intenções naquele momento.

A guerra parece uma coisa heroica e uma aventura emocionante para quem nunca participou de uma batalha. Para um jovem corajoso e lutador como eu, aquele desfile era o canto da sereia: eu queria me tornar um soldado, entrar em combate, atacar os nazistas, derrotá-los. Ficava tão feliz em ver o Exército Vermelho marchando que, se pudesse, teria me alistado e me juntado a eles. É claro que minha mãe me mataria antes disso, mas eu sonhava em pilotar um daqueles tanques, em pegar o canhão, fazer pontaria e disparar contra os nazistas. Para mim, o escapamento do motor dos tanques urrava como um urso. Era como se conversássemos de fera para fera.

– Venha comigo! – disse o urso de aço.

– Bem que eu gostaria, mas só tenho 16 anos – eu respondi, correndo ao lado dele.

– Já vi que você é bom de briga. Precisamos de gente assim conosco!

– Assim que puder, eu vou.

– Espero que a guerra não dure muito, mas, se durar, estarei esperando você. A gente se encontra na floresta! – garantiu o urso de aço antes de se afastar.

Aquela foi a primeira vez que conversei com outro urso. Foi estranho, mas eu entendia tudo o que ele falava.

Fiquei orgulhoso, me sentindo uma fera imensa, forte, com vontade de caçar. De repente, senti que deveria morar na floresta.

Acho que eu tinha um pouco do sexto sentido da minha mãe, mas só descobriria isso algum tempo depois.

Capítulo 14

Até agora, minha história se passa nas décadas de 1930 e 1940, mas preciso avançar alguns anos no tempo para um relato breve de quando me mudei para o Brasil.

Nessa época, ainda muito interessado na Segunda Guerra Mundial, comecei a ler e assistir tudo que havia disponível sobre o tema. Eu queria entender o que tinha acontecido à minha volta e como esses fatos se relacionavam comigo, um dos atores atingidos em cheio por essa catástrofe.

Sempre gostei muito de história e geografia, mas, aos 16 anos, a guerra me arrancou da escola e nunca mais pude voltar a estudar, pois quando a paz voltou eu já estava com 20 anos e precisava ganhar a vida. Precisava cuidar de mim agora que já não tinha pai e mãe para fazê-lo. Se não fosse a guerra, eu teria continuado na escola e provavelmente me tornado professor. Mas não pude, porque o destino não deixou.

Então, decidi estudar por conta própria. Foi muito importante para mim conhecer as biografias das pessoas que protagonizaram esse período histórico, como adolf hitler, Josef Stalin, Winston Churchill, Franklin Roosevelt, Benito Mussolini, Joseph Goebbels, George Patton, Wilhelm Keitel, Hermann Goering e Heinrich Himmler, assim como os detalhes dos regimes nazista, socialista e fascista. Hoje, vejo que fiz parte da História, que fui um dos personagens dessa trama tão complexa e que não poderia ignorá-la. Por isso, entendi que deveria deixar minhas memórias escritas.

A partir dos meus estudos, entendi também que a paz é um período entre guerras. E, de volta à 1941, nós vivemos a paz na primavera e no começo do verão daquele ano.

Nesses entreatos, a vida seguia. Depois do episódio em que os ucranianos se meteram a besta com a gente no rio Ikva, eu sempre deixava um dos meus amigos de vigia quando íamos nadar lá depois da escola, mas nada parecido voltou a acontecer. O que ficou foi o aprendizado, que foi muito útil quando me tornei urso.

Os soldados soviéticos eram muito mais legais que os ucranianos, pois não tinham nada contra os judeus. Pelo contrário: havia muitos judeus no Exército Vermelho e, principalmente, na cúpula do Partido Comunista.

Certa vez, um soldado presenteou minha turma com uma bola de futebol de verdade, a primeira que a gente teve. Era de couro, pesada, chegava a doer o pé para chutar, mas era uma bola de verdade, e era nossa. Foi o dia mais feliz daqueles tempos.

Na mesma semana, fizemos um campo de futebol improvisado e passamos a ir lá jogar todas as tardes. O melhor jogador era, sem dúvida, o Joel. Ele era muito habilidoso com os pés, dominava a bola como um craque, driblava todos e fazia muitos gols. Todo mundo o queria no time para garantir a vitória.

Se não fosse a guerra, Joel poderia ter se tornado jogador profissional, e dos bons.

Se não fosse a guerra, Mendel poderia ter sido um ótimo rabino.

Se não fosse a guerra, eu poderia ter sido professor de história e geografia.

Se não fosse a guerra, eu não teria virado urso.

Se não fosse a guerra, tanta coisa boa teria acontecido! Mas havia a guerra, e a paz é um período entreguerras.

Assim, em 22 de junho de 1941, hitler decidiu invadir a União Soviética. Ele furou o pacto de não agressão, o que já não foi surpresa para ninguém, e mandou a Wehrmacht partir para cima dos soviéticos. Muitos generais nazistas advertiram que não era hora de atacar o Exército Vermelho, até porque a Alemanha já tinha várias frentes de combate, mas, se hitler não fosse idiota, não seria hitler. Sua única experiência em combate foi como cabo do exército alemão durante a Primeira Guerra, mas ele achava que sabia mais do que todos os generais juntos. Então, com sua teimosia, prepotência e arrogância, hitler atacou.

Stalin, que continuava a preparar seu exército, ainda não estava pronto para enfrentar um ataque frontal da *blitzkrieg*. hitler apostou nisso, além de achar que os eslavos eram inferiores e incompetentes. Dessa maneira, a Alemanha conquistou centenas de quilômetros de território soviético nos primeiros ataques, o que fez hitler acreditar ainda mais em sua invencibilidade.

Ah, a soberba! Napoleão fez a mesma besteira mais de cem anos antes, e todos sabemos como terminou.

Quando a Alemanha começou a invadir a União Soviética, centenas de judeus fugiram de Ryschka para o interior da Rússia. Queriam ficar o mais longe possível dos nazistas, tamanho o pavor que havia se instaurado. Preferiram largar tudo do que sofrer nas mãos do exército alemão.

Com a invasão na União Soviética, os ucranianos começaram a dizer que os nazistas finalmente liberariam a Ucrânia dos socialistas. Foi só aí que entendemos que, para eles, era melhor estar sob o domínio alemão do que soviético.

Três dias depois do início da guerra, em 25 de junho, eu estava com meus amigos perto do poço de água quando um grupo de ucranianos apareceu e começou a nos provocar.

– Quando os nazistas chegarem, vocês judeus vão pagar por isso – ameaçou um deles.

– Pagar pelo quê? – eu perguntei.

– Por tudo isso! – o moleque gritou.

– Do que você está falando, Ivan? – zombei. Desde o episódio no rio Ikva, quando queria insinuar que um ucraniano era covarde, eu o chamava de "Ivan". – Explique direito o que "isso" significa.

Mas o garoto apenas repetia a palavra "isso" e gesticulava nervoso, sem saber explicar o que ele próprio queria dizer.

– Qual é o seu problema? – perguntei, começando a perder a paciência. – Não sabe dizer pelo que nós judeus somos culpados?

– Pela invasão pelos socialistas em Ryschka, pelos confiscos do governo, pela nossa pobreza, por tudo! Vocês são culpados por todas as desgraças!

O sujeito era burro como uma porta. Parecia um papagaio, apenas repetindo os discursos antissemitas.

– E vocês também são uns merdas! – ele completou, com raiva.

Bom, se tem algo que eu não aceito é levar desaforo para casa. Nunca deixei alguém me ofender e ficar por isso mesmo.

– Também é nossa culpa a sua irmã ser uma puta? – provoquei, pronto para começar uma briga.

E a briga começou mesmo, e violentíssima. Éramos uns dez moleques de cada lado, todos cheios de raiva. Aos 16 anos, já não éramos mais crianças e, armados com pedras e pedaços de pau encontrados no chão, batíamos para machucar.

Naquele dia, eu bati muito e também me machuquei muito. Ficamos todos cobertos de sangue. E então, no meio do conflito, começamos a ouvir o som de tanques de guerra, tiros e explosões cada vez mais próximos. Foi aí que entendemos por que não havia soldados soviéticos na cidade.

– Que merda! – gritei. – Os nazistas estão em Ryschka!

No final da rua, já era possível ver o exército alemão se aproximando. A briga parou e os garotos ucranianos correram na direção dos nazistas, pulando de alegria e comemorando a invasão.

Nós, judeus, corremos para nossas casas, preocupados com o que ia acontecer conosco.

A partir desse dia, os alemães dividiram a cidade em duas: a parte dos judeus e a dos ucranianos.

E Ryschka nunca mais foi a mesma.

Capítulo 15

Naquele dia 25 de junho, continuamos a ouvir tiros e explosões por algum tempo. Os soldados soviéticos batiam em retirada e tentavam causar dano aos nazistas, mas sem sucesso; as tropas soviéticas estavam em número bem menor e tinham armamentos bem inferiores aos dos alemães.

Sem apoio ou resistência da população, ficou mais fácil ainda para os alemães conquistarem Ryschka. Soldados do Exército Vermelho foram capturados e executados na mesma hora, enquanto *tovarichs* e comissários do povo foram presos. Assim, Ryschka passou a ser controlada pelos nazistas.

Em casa, a situação não era das melhores. Meu pai estava bastante nervoso e preocupado com nosso futuro, assim como minha mãe, que se controlava para não chorar e não alarmar ainda mais os filhos. Minha irmã, agora com 14 anos, tremia de medo a cada notícia da guerra. Eu não sentia medo, apenas me perguntava o que aconteceria conosco dali para frente.

Naquela noite, meu pai nos deu algumas instruções.

– Prestem muita atenção, principalmente você, Nahum. Não quero que saiam de casa sem autorização, entendido? Fiz um bom estoque e teremos comida para alguns dias. Enquanto não soubermos o que os nazistas planejam fazer, que ordens vão dar, é melhor não colocar nem a cabeça para fora da janela.

– Papai, eles vão matar a gente? – perguntou minha irmã, aterrorizada.

Meu pai a abraçou e tentou acalmá-la.

– Não, minha filha, eu não vou deixar que isso aconteça.

Minha mãe, que vinha se segurando, nessa hora desabou e também começou a chorar.

Acho que isso aconteceu em todas as casas judaicas. Todo mundo já imaginava o que os nazistas fariam e, aliados aos ucranianos, certamente não seria nada bom para os judeus.

O dia 25 de junho de 1941 foi o início de um pesadelo para todos os judeus. Para mim, esse pesadelo só terminaria quatro anos depois, quando minha vida mudaria completamente, deixando marcas permanentes. Eu nunca mais seria o mesmo.

Nos primeiros dias de ocupação, tudo parecia calmo. Não havia resistência: com a colaboração dos ucranianos, os nazistas controlavam a cidade sem esforço, e parecia que a paz reinava em Ryschka.

Mas, como diz o velho ditado, antes da tempestade vem a calmaria. Em 30 de junho, cinco dias após a chegada dos alemães, meu pai saiu em busca de notícias e de mais mantimentos. Tentei ir junto, mas ele não deixou. E, mesmo que tivesse deixado, minha mãe certamente proibiria. Para ela, se eu colocasse o pé para fora, os nazistas imediatamente me matariam e me comeriam vivo. Ela e minha irmã estavam apavoradas e passavam os dias abraçadas e chorando. E eu sofria muito de ver as duas assim.

Meu pai voltou duas horas depois, e as únicas coisas que conseguiu comprar foram pão preto e alguns ovos. Os nazistas haviam confiscado quase todos os alimentos, deixando apenas o básico para a população. Em breve o racionamento de comida seria implementado, e cada pessoa teria direito a somente uma cota.

– A situação está calma – disse meu pai, nos tranquilizando. – Os soviéticos fugiram e os ucranianos estão colaborando com os nazistas, então não há conflitos.

– Como esses sacanas podem colaborar com os invasores? É o país deles! – Eu estava indignado.

– Eles odiavam os soviéticos, filho. Para eles, os nazistas vieram libertá-los.

O que nos preocupava, no entanto, era que os dois tinham outra coisa em comum: o ódio aos judeus.

Ao longo daquelas primeiras semanas, os nazistas deixaram os judeus em paz. Suas prioridades envolviam organizar a ocupação da cidade, dominar a prefeitura e as ferrovias, estabelecer uma base militar, criar redes de comunicação, montar um quartel para os oficiais, alimentar os soldados e descansar das batalhas. Quando um exército conquista uma cidade, sempre há muito trabalho a ser feito. Essa sensação de ordem deu uma falsa impressão de tranquilidade aos judeus, que começaram a sair do estado de alerta e a relaxar um pouco.

Certo dia, meus pais me deixaram sair de casa. Eu estava ansioso para encontrar o Joel e dar uma volta pela cidade, já que as escolas judaicas haviam sido fechadas e as aulas suspensas. Lembro que, na época, isso me deixou muito feliz. Foi a única notícia boa que recebi.

Ao andar por Ryschka, fiquei impressionado com as mudanças. Havia soldados alemães por toda parte, e bandeiras nazistas tremulavam nos prédios públicos. As bandeiras soviéticas, assim como cartazes e livros comunistas, foram queimados numa grande fogueira em praça pública.

– Nahum, você acha que os soviéticos vão voltar algum dia? – perguntou Joel, assustado com as mudanças da ocupação.

– Não acredito que o camarada Stalin aceitará essa derrota tão fácil. Ele deve estar se preparando para atacar os nazistas com todas as forças – respondi, sem imaginar que minha previsão estava correta, mas que ainda levaria alguns anos para isso acontecer.

– E você acha que também seremos obrigados a usar aquela estrela amarela na roupa, como os judeus na Polônia e na Alemanha?

– Isso eu não sei dizer, Joel. Mas é provável, já que os alemães são um povo organizado, que gosta de seguir padrões.

– Eu devia ter me alistado no exército soviético – Joel suspirou, desanimado. – Assim, pelo menos estaria lutando contra os nazistas.

– Nós dois devíamos – respondi, igualmente arrependido. – Mas como poderíamos adivinhar quando os nazistas invadiriam? Eu queria ter uma metralhadora para atacar esses malditos!

– Estou com muita raiva, Nahum.

– Eu também. Minha mãe e minha irmã estão apavoradas, passam o dia inteiro chorando, e meu pai parece ter envelhecido anos nesses poucos dias.

Nós conversávamos e caminhávamos pela cidade quando vimos uma cena chocante: um judeu hassídico sendo atacado por um grupo de ucranianos. Eles o agarraram pela barba, arrastaram pela rua e começaram a espancá-lo. Os soldados nazistas olhavam, riam e nada faziam para impedir o ataque. Pelo contrário, até incentivavam.

Indignado, tentei correr para ajudar o homem, mas Joel me segurou com toda força.

– Ficou louco, Nahum? Se você se meter nessa briga, os nazistas vão te matar! – sussurrou ele, apertando meu braço. – Os soldados estão só esperando uma desculpa.

Joel tinha razão, e essa atitude salvou minha vida. Eu me sentia impotente e inútil vendo o velho judeu apanhar, mas ninguém podia fazer nada. Muita gente viu o linchamento. Alguns ucranianos apoiavam, outros condenavam com o olhar, mas qualquer tentativa de ajuda seria uma missão suicida.

Depois de bater no velho, os agressores o largaram caído na rua, vertendo sangue, e foram embora. Os soldados nazistas se afastaram em seguida, e então um grupo de judeus pegou o homem e o levou para casa. Soube alguns dias depois que ele não morreu, mas ficou em estado grave.

Quando me encontrei novamente com Joel, foi impossível não comentar o acontecido.

– Isso poderia ter acontecido com a gente! – gritei, revoltado. – Não vamos reagir? Vamos deixar isso acontecer em silêncio?

– Também estou chocado, Nahum, mas o que podemos fazer? Tanto o exército alemão quanto a polícia ucraniana apoiam e incentivam esses ataques. O que nos resta? Montar um grupo de resistência? – perguntou Joel, mais exagerando do que sugerindo.

Na verdade, a ideia era muito boa, mas tinha um problema: como montar um grupo de resistência sem armas nem treinamento militar? Se ainda houvesse soldados soviéticos na cidade, talvez pudessem nos ajudar, mas os que não fugiram estavam mortos agora.

Nas semanas seguintes, os ataques aos judeus se tornaram mais frequentes. Os ucranianos passaram a se juntar em grupos e a atacar não apenas com socos e pontapés, mas também com pedaços de pau, pedras, garrafas, enfim, uma barbárie inexplicável. As briguinhas de moleques tinham se transformado em conflitos de homens adultos, e vários amigos foram perseguidos e machucados. Hoje, basta uma pesquisa na internet para encontrar cenas filmadas por nazistas em diversas cidades na Europa, exatamente iguais às que presenciei em Ryschka. Os soldados alemães que policiavam as ruas pareciam se divertir com os atos de violência, algo que também pode ser visto nitidamente nos filmes. Eu nunca entendi por que os nazistas gostavam de filmar esses ataques. Nunca cheguei a uma resposta.

Uma coisa, no entanto, continuava a mesma: em geral, os ucranianos preferiam atacar pessoas mais vulneráveis, como idosos e mulheres, e judeus hassídicos, de aparência e costumes ortodoxos. Com o passar do tempo, muitos ataques terminavam com a morte das vítimas, cujos corpos eram deixados na rua até que outros judeus fossem buscar.

E então, de violência pura e simples, os ataques evoluíram para roubo. Os ucranianos invadiam casas, agrediam famílias e roubavam o que quisessem. Saíam de suas emboscadas carregados de mesas, cadeiras, roupas e o que mais houvesse de valor. Em casa, começamos a dormir com os móveis barrando as portas. Minha mãe e minha irmã viviam apavoradas, e eu e meu pai saíamos de casa o mínimo possível, apenas para conseguir comida.

Não dava para entender a loucura que havia tomado conta de Ryschka. Era como se, de repente, os ucranianos colocassem para fora uma raiva animalesca, um ódio antissemita inexplicável que os fazia roubar e matar os próprios vizinhos apenas por serem judeus.

A situação era de calamidade, mas a primeira coisa que aprendi com a guerra é que tudo sempre pode piorar. E não demorou muito para acontecer o que mais temíamos.

Depois que os nazistas terminaram de organizar a ocupação da cidade, o terror começou em Ryschka. O primeiro passo foi instituir as leis raciais, das quais tanto tínhamos ouvido falar, mas que até então não valiam na nossa cidade. Agora, eu sentia na pele o que era ser um judeu sob o regime nazista.

Todos passamos a usar a estrela amarela costurada em algum lugar visível da roupa para nos identificar. Ao passar por um alemão, precisávamos tirar o chapéu e baixar a cabeça. Só podíamos sair de casa entre as seis horas da manhã e as seis horas da tarde. As proibições eram muitas, e qualquer desobediência era punida com morte.

Certa vez, para mostrar que não estavam brincando – como se alguém tivesse alguma dúvida –, os nazistas capturaram oitenta judeus ao acaso e os levaram para o cemitério judaico. Foram todos fuzilados, um por um. Pessoas que não tinham feito absolutamente nada. Podia ter sido eu, meu pai ou meu amigo Joel. Podia ter sido qualquer um de nós. Foi um ato bárbaro para deixar todo mundo apavorado, com medo de ser o próximo.

As trevas caíram sobre Ryschka. O medo de sair de casa aumentou, todos tínhamos medo da reação dos nazistas se cruzássemos seu caminho. Confesso que até eu fiquei com medo. Uma coisa era brigar com garotos ucranianos, outra coisa era enfrentar um exército armado que atirava em nós sem motivo. E os ucranianos não só apoiavam como participavam dos ataques, formando milícias para atacar, roubar e matar judeus.

Em pouco tempo, os nazistas desenvolveram novas formas burocráticas e cruéis de controlar as comunidades judaicas. Uma delas consistiu na criação de conselhos judaicos nas cidades conquistadas, chamados de *Judenrat*. O *Judenrat* era responsável por operacionalizar as ordens emitidas pelos alemães, como a realização do censo e o registro oficial dos judeus, a emissão de autorizações para trabalhos fora do gueto, a distribuição das rações, enfim, toda a organização do processo de isolamento que culminaria na destruição das comunidades.

Os membros do *Judenrat*, selecionados pelos próprios nazistas, eram judeus de destaque na comunidade e que, em geral, já ocupavam cargos de liderança. O posto era aceito pelos líderes na esperança de que pudessem contribuir para o bem-estar e, quem sabe, salvar a comunidade, uma vez que o extermínio ainda não era de conhecimento geral. Quando a eliminação finalmente teve início, o *Judenrat* foi incumbido de escolher as primeiras vítimas, outro golpe cruel dos nazistas. O peso nos ombros dos líderes era imenso. Quem mandar primeiro, os idosos e os doentes? Muitos tiraram a própria vida para não realizar tão bárbara tarefa, enquanto outros acreditaram que, cedendo aos alemães, conseguiriam salvar sua vida e a de suas famílias. Ao final, foram todos mortos.

Em Ryschka, o escolhido para chefiar o *Judenrat* foi Jankel Tojben, que antes da guerra ocupava um cargo de magistratura. A primeira ordem que Tojben teve de cumprir foi juntar 100 mil rublos da população judaica, cerca de 20 mil dólares à época, e repassar ao governo nazista. Era muito dinheiro para uma cidade tão pequena, mas não havia escolha para nós. Depois, centenas de judeus foram enviados para os campos de trabalho forçado, onde enfrentaram condições tão duras que muitos não resistiram.

Eu e Joel, dois jovens de apenas 16 anos, não conseguíamos entender como tudo escalava tão rápido.

– Que loucura é esta que está acontecendo em Ryschka? – perguntei certa vez.

– Os nazistas são bárbaros, loucos e sanguinários, Nahum. Matam sem motivo e se divertem com isso. Se eu tivesse uma arma, atacaria esses comedores de chucrute agora mesmo.

– Eu também. O pai do Chaim e o tio do Isaac já foram mortos, e o rabino apanhou tanto que está de cama. Meu ódio aumenta a cada dia. Preciso fazer algo, Joel. Não dá para ficar esperando a morte, temos de lutar.

Quem falava agora era o urso que se manifestava dentro de mim. Aos 16 anos, não me importava morrer, desde que fosse lutando contra os nazistas. Meu medo era de que atacassem minha mãe e minha irmã, não a mim.

O urso crescia. Eu podia sentir. Sentia ódio, raiva, vontade de lutar, de reagir, de me vingar. Ver um alemão fazia meu sangue ferver. Mas o que podia ser feito? Eu não tinha um revólver, e mesmo um urso não é páreo para uma metralhadora.

Às vezes, o urso precisa esperar a hora certa para atacar sua presa. Às vezes, é preciso ter paciência e planejar o bote.

Capítulo 16

O final de julho foi marcado pela chegada de vários caminhões do exército alemão, do qual desembarcaram homens com fardas de cores diferentes daqueles que já estavam em Ryschka. Enquanto os uniformes dos soldados da Wehrmacht e da Luftwaffe eram cinza ou verde-acinzentados, os dos oficiais da Schutzstaffel eram pretos e impecáveis.

A SS, como eram chamados, reunia a elite do exército nazista. Escolhidos a dedo, os alemães passavam por uma triagem de várias gerações para identificar se tinham ou não "sangue impuro", ou seja, de judeus ou eslavos. Se fossem identificados como arianos, eram escalados para a SS e presenteados com um elegante e bem-talhado uniforme, desenhado por Karl Diebitsch e fabricado pela empresa Hugo Boss.

E essa "elite" era pior em todos os sentidos. Os oficiais da SS faziam os trabalhos mais bárbaros sem sequer arriscar o pescoço nos campos de batalha: atacavam apenas civis desarmados, entre judeus, socialistas, ciganos e opositores do regime nazista. Eram eles também os responsáveis por vigiar os campos de concentração, mais uma tarefa em que não corriam o risco de tomar tiro, já que os prisioneiros eram homens desarmados, esgotados e famintos.

A elite do exército alemão era um bando de covardes. Pelo menos os soldados da Wehrmacht e da Luftwaffe arriscavam a vida nas batalhas. Já a SS não passava de um grupo de assassinos de pessoas indefesas.

Para eles, matar era um jogo do qual sempre saíam vencedores. O grande problema é que, quando a SS chegou a Ryschka, nós não sabíamos quem eles eram nem o que tinham ido fazer ali.

Quando os oficiais foram reunidos no pátio da prefeitura, uma casa grande e antiga de dois andares, cercada por um muro baixo, eu e Joel nos aproximamos e nos escondemos detrás dos muros das casas vizinhas para espiar.

– Quem são esses homens? O que eles estão fazendo aqui? – perguntou Joel, assustado.

– Também não sei – respondi –, mas não me parece nada bom.

Foi só quando voltei para casa e contei ao meu pai o que tinha visto que eu entendi o que estava acontecendo.

Ao me ouvir, meu pai ficou branco como uma folha de papel. Eu nunca o vi tão chocado.

– Você tem certeza que esses homens eram da SS? – perguntou ele, de olhos arregalados.

– Sim, era isso que estava escrito na gola dos uniformes – respondi.

– E havia uma caveira no quepe dos oficiais?

– Sim – confirmei outra vez.

– *Oy vey mir* – ele sussurrou em iídiche, pedindo proteção a Deus.

– O que tem de tão grave nisso, pai? – perguntei, ainda tentando entender o que tudo aquilo representava.

Nesse momento, meu pai me abraçou com muito carinho, como nunca tinha feito antes, e começou a rezar. Alguma coisa muito ruim estava acontecendo. Ele então falou baixinho, para que minha mãe e minha irmã não ouvissem:

– Esses homens são da Einsatzgruppen – ele falou como se estivesse se referindo ao demônio –, um batalhão de soldados que realiza operações especiais.

Meu pai sempre me poupava de más notícias, mas essa era tão terrível que ele não conseguiu se conter.

– E que operações são essas? – perguntei, embora já desconfiasse da resposta.

– Matar judeus – ele confirmou minha suspeita.

Em seguida, meu pai chamou minha mãe, minha irmã e nos deu um aviso:

– A partir de agora, a ordem é não sair de casa para nada. Evitem chamar a atenção, todo cuidado é pouco. Nahum, avise seus amigos para não ficarem na rua.

Ficar preso em casa? Puxa vida! As coisas só pioravam mesmo.

Em um mês, as terríveis previsões do meu pai se confirmaram. Certa vez, ao ouvir tiros e gritos vindos da rua, espiamos pela janela e vimos soldados da SS invadirem casas judaicas e prenderem famílias inteiras. Aparentemente, não havia critério para essa seleção. Era aleatório.

Pouco tempo depois, uma imensa fileira de judeus com as mãos para cima, entre homens, mulheres e crianças, passou por nossa rua caminhando sob escolta dos soldados. Era uma cena sem sentido. Por que apontar metralhadoras para mulheres, crianças e homens desarmados? Que ameaças aquela multidão de desesperados poderia oferecer a um exército armado até os dentes? Então eram essas as tais operações especiais que a Einsatzgruppen foi realizar em Ryschka?

Da calçada, os ucranianos assistiam àquela triste procissão sem qualquer compaixão. Pareciam apenas curiosos, como se estivessem diante de um espetáculo de circo. Quando um homem tentou escapar, foi imediatamente capturado pelos ucranianos e colocado de volta na fila. Logo em seguida, um rapaz saiu correndo e foi atingido com um tiro na cabeça por um oficial da SS. Ninguém mais tentou fugir.

Naquele momento eu me dei conta do que era a operação. Os judeus seriam fuzilados.

Meu pai começou a rezar e minha mãe abraçou minha irmã, as duas aos prantos. Era muito doloroso assistir àquilo.

Foi só então que eu vi. No meio daquela fila, um rosto triste olhava em direção à minha casa. Era Joel, que encarava a janela na esperança de se despedir de mim pela última vez. Quando nossos olhares se cruzaram, percebi que ele estava apavorado.

– É o Joel, é o Joel! – gritei imediatamente, correndo para a porta.

Meu pai me agarrou pela camisa antes que eu conseguisse sair.

– Aonde você pensa que vai? – ele berrou, me sacudindo pelos ombros.

– Vou salvar o Joel, vou tirar ele de lá!

– Você não vai a lugar nenhum! – meu pai continuou a berrar. – Se sair desta casa, vai tomar um tiro na hora!

– Não posso abandonar o Joel, pai! Preciso tirar ele daquela fila!

Eu tentava me desvencilhar, mas meu pai tirou forças não sei de onde para me impedir. Minha mãe também começou a gritar para eu não sair, e minha irmã chorava cada vez mais alto.

Quando olhei novamente para o meu amigo, ele fez sinal para que eu permanecesse em casa.

Achei que eu conseguiria enfrentar os oficiais armados, que tiraria Joel daquele corredor da morte, mas meu pai tinha razão: se eu saísse, também seria morto. Meus ombros se encurvaram, me senti totalmente sem forças. Tinha prometido estar sempre ao lado do Joel, mas aquela batalha estava além da minha capacidade.

Olhei pela janela e vi meu amigo já alguns metros adiante. Ele se virou para mim mais uma vez e, com um aceno, me disse adeus.

A fila seguia a passos lentos, levantando poeira da rua naquele dia quente de final de agosto.

Apoiei a cabeça na janela e comecei a chorar. Sentia um misto de ódio e impotência por não conseguir salvar o Joel. Acho que fui o primeiro urso a chorar.

– Não há nada que possamos fazer, Nahum – disse meu pai, a voz embargada pelo choro, e me abraçou. – Os nazistas não são humanos. São demônios, entes malignos.

A fila do outro lado da rua parecia não ter fim. Homens, mulheres e crianças continuavam a passar cabisbaixos, arrastando os pés rumo a um cruel destino. Parecia um mar de estrelas amarelas.

Soubemos depois que havia cerca de duzentos judeus ali. Foram levados para o descampado do aeroporto, onde foram obrigados a se despir e a cavar grandes fossas.

Os homens rezavam.

As mulheres choravam.

As crianças gritavam.

Os nazistas riam.

E os ucranianos assistiam.

Primeiro, os homens foram enfileirados na beirada das fossas. Em seguida, foram fuzilados. Seus corpos caíam nos buracos e novas fileiras eram formadas, seguidas de novos fuzilamentos. Algum tempo depois, todos os homens estavam mortos. As mulheres não reagiam, com medo de que atacassem as crianças. Não imaginavam que elas também seriam mortas.

Enfim, chegou a vez delas.

A carnificina durou algumas horas, até o anoitecer. De tempos em tempos, algum oficial descia nas fossas, pisoteando os cadáveres, para dar o tiro de misericórdia em quem ainda estivesse vivo.

Depois dessa chacina, os nazistas vieram atrás de mais judeus. A caçada durou vários dias, chegando a mil judeus assassinados. Sem motivo, sem razão, apenas por serem judeus.

Os tiros foram ouvidos em toda Ryschka. Os gritos de horror e o choro desesperado das vítimas também.

Capítulo 17

Como se tudo não passasse de um trabalho burocrático, após o assassinato dos milhares de judeus o Einsatzgruppen deu como encerrada sua missão em Ryschka. Os oficiais embarcaram de volta nos caminhões e deixaram a cidade. Era essa a tarefa daqueles jovens alemães que consideravam estar prestando um serviço à pátria: viajar de cidade em cidade assassinando famílias judaicas.

Se eu vivesse em outro lugar e alguém me contasse o que estava acontecendo em Ryschka, eu não acreditaria. Mas eu estava lá, e foi exatamente isso o que vi. Depois da guerra, soube que esse método foi aplicado em vários países do Leste Europeu, como Lituânia, Estônia, Letônia e outros. Em algumas cidades, todos os judeus eram mortos; em outras, só uma parte. Qual era a lógica por trás disso, eu só soube muito depois.

Certo dia, tentando encontrar uma explicação, perguntei ao meu pai:

– hitler conseguiu enlouquecer os alemães ou eles sempre foram assim?

Ele, que costumava ter resposta para tudo, dessa vez ficou em silêncio.

O medo havia tomado conta de nós, e devo confessar que eu, apenas um rapaz, também estava assustado. Ver o Joel a caminho da morte me abalou muito. Ele era um garoto simples, estudioso, dedicado, que nunca fizera nada de mal a ninguém. Um garoto como eu que, de repente, foi capturado no meio da rua e morto com um tiro na nuca. Meu melhor amigo não merecia essa morte estúpida, sem sentido. Nenhuma daquelas pessoas merecia. Chorei muito e, mesmo não sendo religioso, rezei o *kadish* para o Joel, a reza dos mortos.

Depois da partida da SS, quando a situação se acalmou um pouco, fui visitar os pais dele. Estavam completamente arrasados, em estado de choque. A vida da família havia virado de ponta-cabeça do dia para a noite, e, mais uma vez, não havia nada que eu pudesse fazer. Nada traria Joel de volta.

As semanas se passaram e, embora os assassinatos tivessem diminuído, o trabalho dos nazistas não parou. Eles andavam pela cidade capturando os judeus mais jovens e fortes e os levavam para campos de trabalho forçado para viverem em condições terríveis. Foram tempos de absoluto pavor.

Por vezes, quando bebiam demais ou sentiam raiva demais, os ucranianos também atacavam judeus. Muitos morriam nesses ataques, principalmente mulheres e crianças.

A comida, que já vinha sendo racionada, agora era entregue em menor quantidade. Para não morrer de fome, precisávamos apelar para o mercado ilegal, onde trocávamos nossos poucos bens – castiçais de prata, relógios, casacos – por alimentos cada vez mais caros e mais raros.

A vida piorava dia após dia, e, como toda desgraça vem acompanhada, o frio chegou. O inverno de 1941 para 1942 foi um dos mais gelados da história da Europa, com mínima de 30 graus negativos. E, se já é difícil suportar temperaturas tão baixas em condições normais, com lenha para o aquecedor e comida abundante, nós, privados de tudo isso, lutávamos com todas as forças para sobreviver.

Dezenas de judeus morriam diariamente de frio e fome, parecia não haver nada que pudéssemos fazer. Chegavam notícias de que um vizinho fora morto a pauladas por tentar roubar um pão para os filhos, de que um conhecido fora fuzilado por tentar deixar a cidade com a família.

Ryschka não era mais uma pequena cidade rural no oeste da Ucrânia, à beira do rio Ikva. Ryschka havia virado o inferno.

Com o tempo, meu sentimento de impotência foi dando lugar a uma coisa nova. Eu sentia meus pelos crescendo, meus dentes mais afiados, minhas garras mais fortes. Algo se transformava dentro de mim, e mudaria minha história para sempre.

Capítulo 18

Quando o inverno de 1942 terminou, novas ordens foram dadas aos judeus.

Agora entendíamos por que a Einsatzgruppen não tinha matado a todos.

Era comum que as autoridades nazistas se comunicassem com a população por meio do rádio e de cartazes colados em lugares de grande movimento. No final de março, surgiram cartazes informando que todos os judeus deveriam se apresentar na praça principal de Ryschka na data descrita, quando seriam selecionados pelo *Judenrat* de acordo com suas profissões. Não preciso dizer que ficamos todos assustados. A essa altura, já sabíamos o que isso significava: seríamos levados para campos de trabalho forçado ou de concentração, quem sabe em outra cidade ou mesmo outro país. Quem não se apresentasse seria punido com morte.

Os nazistas adoravam esse método, punir com morte quem não respeitasse as ordens. E, como tudo era motivo para punir, vivíamos em um clima de terror constante.

No dia marcado pelo *Judenrat*, a praça principal de Ryschka estava repleta de mesas para cadastramento e de ucranianos curiosos para saber o que aconteceria com os judeus. Diante das mesas, oficiais do governo aguardavam com fichas em branco, prontos para coletar dados, tudo muito organizado. Pareciam professores esperando os alunos chegarem à sala de aula. Ao redor da praça, soldados alemães armados até os dentes também aguardavam a chegada dos judeus. Estavam prontos para entrar em guerra, mas seus inimigos eram civis inocentes e desarmados.

Filas imensas se formaram diante das mesas, e o processo de seleção durou horas. Eu me roía de raiva, sentia um ódio imenso de tudo aquilo: de hitler, dos nazistas, da guerra, da falta de armamentos para atacar o exército inimigo, da expressão de desânimo do meu pai, do desgaste físico e emocional da minha mãe e da minha irmã, da nossa humilhação, da minha impotência.

Ao mesmo tempo, sentia minhas garras aumentarem, meus pelos eriçarem, meus dentes ficarem mais fortes. Era o urso tomando forma.

Finalmente, chegou a nossa vez. O oficial interrogou meu pai, que forneceu os dados da nossa família.

– Profissão? – perguntou o homem.

– Contador – meu pai respondeu. – Meus filhos são estudantes; e minha esposa, dona de casa.

Todos recebemos documentos para o Gueto 1, embora não tivéssemos a menor ideia do que significava.

Na volta para casa, trocando informações com outros judeus, descobrimos que havia dois guetos. No Gueto 1 estavam profissionais como advogados, médicos, dentistas, engenheiros, contadores e professores, enquanto no Gueto 2 estavam marceneiros, alfaiates, sapateiros e artesãos. Até aquele momento, ainda não entendíamos o que essa divisão significava.

Poucos dias depois, veio uma nova ordem. Como os nazistas adoravam dar ordens! Eram piores que qualquer professor que tive na escola. Dessa vez, fomos informados de que, no dia 2 de abril, todos os judeus deveriam se dirigir aos guetos para os quais haviam sido designados. E adivinha o que aconteceria com quem não comparecesse? Seria punido com morte, é claro.

No dia 2 de abril, começava o *Pessach*. Depois da guerra, descobri que os nazistas sentiam um prazer mórbido em escolher feriados judaicos para seus grandes atos de extermínio, como a criação ou a destruição de um gueto.

Os guetos 1 e 2 foram montados na área mais pobre da cidade. Os nazistas esvaziaram os bairros e expulsaram todos os moradores, não importava se eram ucranianos, poloneses ou judeus. Eles invadiam as casas aos berros e chutes, ameaçando as pessoas e até matando quem demorasse um segundo a mais para sair.

Certa vez, espiei de longe um desses ataques. Os soldados arrombaram a porta de uma casa e gritaram "*Raus, schnell!*", mandando todos saírem rápido. Pareciam um bando de loucos, agindo sempre aos gritos e à força. E os moradores, colocados entre a vida e a morte, mal puderam pegar seus poucos pertences antes de abandonar a casa.

Esvaziada aquela parte da cidade, os soldados ordenaram que um grupo de prisioneiros judeus erguesse uma imensa cerca de arame farpado em volta da área. Em seguida, o espaço foi dividido nos guetos 1 e 2.

Estava traçado o nosso destino.

Para mim, o dia 2 de abril de 1942 foi um dos mais tristes da guerra. Em pleno *Pessach*, fomos obrigados a abandonar nossa casa, nossos pertences, nossos familiares, nossas vidas. As ordens, sempre elas, permitiam que levássemos apenas mudas de roupa e utensílios pessoais para o gueto. Itens como dinheiro, joias e objetos de valor eram proibidos, e quem desobedecesse era morto. É claro que esses bens deixados para trás foram roubados pelos nazistas; e o que sobrou, pelos ucranianos.

Foi um dia melancólico e deprimente. Milhares de judeus marchavam cabisbaixos, numa fila interminável, em direção aos guetos.

Eu me sentia um ninguém, um nada. A sensação de impotência me destruía por dentro.

À minha volta, todos estavam abatidos.

O urso queria reagir, mas não podia. Não ainda.

A ordem das filas era mantida pelos soldados, que de vez em quando batiam em alguém sem motivo. Mais uma vez, os ucranianos assistiam à procissão em silêncio. Hoje, penso que até eles ficaram chocados com aquilo. Éramos 10 mil pessoas em péssimas condições nos arrastando pela estrada, escoltadas por homens violentos. Apesar do calor da primavera, todos vestiam casaco, pois era a melhor maneira de carregar as pesadas roupas de inverno. O tempo seco fazia com que a poeira das ruas se levantasse com facilidade, criando uma névoa fantasmagórica ao nosso redor.

Essas imagens nunca saíram da minha memória. O som do arrastar de sapatos por vezes era interrompido pelo choro de crianças assustadas e cansadas. Até hoje as vejo e as escuto em meus pesadelos.

Ao chegarmos nos portões, o *Judenrat* examinava os documentos e encaminhava cada um ao seu devido gueto. Nós, os 10 mil judeus que sobrevivemos à invasão nazista, nos esprememos naquele espaço, dividindo pequenos cômodos improvisados com outras famílias. O gueto logo virou um cortiço. Nossa situação era miserável.

Um tempo depois, meu pai acabou conseguindo um quarto para nós. Era pequeno, com apenas uma cama de solteiro sem colchão e um guarda-roupa velho, mas pelo menos tínhamos alguma privacidade. Sujos, deprimidos e exaustos, nos sentamos no estrado da cama.

– Quanto tempo ficaremos aqui? – perguntei ao meu pai.

Mais uma vez, ele não soube o que responder. Seu olhar estava perdido e vazio.

Eu conseguia entender meu pai. Tudo o que minha família conquistou em uma vida inteira de trabalho foi roubado. De um dia para o outro, nos vimos sem casa, sem dignidade, sem esperança. A sensação é horrível, inesquecível, inenarrável. Nós, que nunca havíamos atacado ninguém, estávamos presos, enquanto os criminosos que saquearam e mataram milhares de inocentes, estavam livres e impunes.

Demorou para o meu pai sair desse estado de desânimo. Quando conseguiu, ele tentou acalmar minha mãe e minha irmã, que estavam desesperadas. Aos 16 anos, eu ainda tinha esperança de que as coisas iam melhorar, e então, depois de algumas horas, quando percebi que tudo estava mais calmo, chamei minha irmã para dar uma volta no gueto e tentar encontrar as amigas. Eu queria distraí-la, mas ela, que sempre adorou passar tempo comigo, dessa vez se agarrou no meu pai e começou a chorar. Estava assustada demais para conseguir sair.

– Meu amor, vá com o seu irmão – disse meu pai, tentando animá-la. – Vai ser bom pra você encontrar suas amigas.

Minha mãe, um pouco mais calma agora, também a incentivou, mas é claro que me pediu para tomar muito cuidado. Dessa vez, achei graça. O mundo desabava à nossa volta, os nazistas nos patrulhavam armados até os dentes, e, como se eu não estivesse vendo tudo isso, ela me pedia para "tomar cuidado". Achei tanta graça que comecei a rir e não consegui mais parar.

Meu riso logo contagiou meu pai, minha mãe e até minha irmã. Não conseguíamos parar, gargalhávamos até saírem lágrimas dos olhos. De repente, nos sentimos mais leve. Nossa situação já era desastrosa, e apenas chorar ou reclamar não nos ajudaria em nada. O acesso de riso nos deu forças.

Hoje, lembrando desse dia, percebo que foi a última vez que nós quatro rimos juntos.

Capítulo 19

O tempo no gueto passava lentamente, os dias pareciam não ter fim. Não havia nada para fazer além de andar pelas ruas trocando informações com outros prisioneiros, discutir sobre a guerra ou, para os mais religiosos, rezar. Com o verão chegando, o calor começava a ficar insuportável, e era impossível permanecer nos dormitórios apertados. Nos dias mais quentes, eu imaginava como seria bom me refrescar no rio Ikva.

Os homens sentiam-se inúteis sem trabalho, assim como as mulheres, privadas dos cuidados com a casa e com a família ao qual estavam habituadas. Não havia nem uma bola para os mais jovens brincarem, e, mesmo que conseguíssemos improvisar uma, não tinha espaço para jogar. As ruas do gueto, pequenas para tanta gente, estavam sempre abarrotadas.

A comida continuava sendo racionada pelos nazistas, e cada família recebia apenas um pão e alguma gordura para passar o dia. Vivíamos com fome e sede, e, como nos permitiram levar apenas alguns poucos pertences, fomos privados até mesmo de nossa higiene pessoal.

Para mim, o gueto era o pior lugar do mundo. Parecia que nada poderia ser pior que aquilo.

Mas o pior ainda estava por vir.

Com o nosso isolamento, criou-se um bloqueio entre o lado judaico e o não judaico. Foi proibida a entrada de jornais e aparelhos de rádio no gueto, assim não tínhamos notícias da guerra e da realidade na Europa. Às vezes alguém contrabandeava um jornal, mas quem iria acreditar nos jornais alemães ou ucranianos? Queríamos ouvir a rádio inglesa.

Tudo o que sabíamos era no boca a boca, de alguém que viu ou ouviu dizer alguma coisa, boatos que não se sabe como começam.

Era muito difícil separar a verdade desses boatos. Cada um acreditava no que convinha.

Depois de algumas semanas, escondidos dos soldados, alguns professores e rabinos reuniram as crianças em grupos para estudar. As aulas aconteciam em lugares improvisados e sem material didático, mas eram muito importantes. Além de manter as crianças ocupadas, a educação nos dava esperança de um futuro além da guerra, elevando o moral do nosso povo.

Eu, em vez de ir às aulas, me dedicava a conseguir comida. Era uma operação arriscada, mas que precisávamos fazer para sobreviver. Por ser magro e baixinho, eu passava com facilidade pelas cercas de arame farpado, sempre à noite, quando era mais seguro, e ia até o mercado ilegal.

É claro que eu não era o único a fazer isso. De alguma maneira, muitos judeus conseguiram esconder um pouco de dinheiro e pequenos objetos de valor, e isso foi nossa salvação.

O mercado ilegal consistia em uma rede de contrabando para dentro do gueto, vinda do lado de fora. A atividade era arriscada, mas lucrativa para os ucranianos, que cobravam verdadeiras fortunas por um pedaço de pão, carne ou um pouco de leite. Mas, se fossem pegos pelos nazistas, eram mortos na hora.

Para nós, os preços abusivos já não importavam. Quando sua irmã está morrendo de fome, um diamante passa a valer um pedaço de pão para salvar a vida dela. A sobrevivência muda o valor das coisas.

Por sorte nosso gueto não era murado, como sabíamos ser o de Varsóvia, o que tornava possível entrar e sair pelas cercas de arame farpado. Era perigoso, claro. Quando um soldado nos via, atirava para matar, mas era isso ou morrer de fome. Assim, nos arriscávamos à noite, protegidos pela escuridão, fugindo das patrulhas e dos holofotes.

Eu tinha vários amigos no Gueto 1. Quando nos encontrávamos, o assunto eram os planos para o pós-guerra: o que estudaríamos na faculdade, que profissão cada um escolheria seguir, os filmes que íamos ver, os livros que queríamos ler. Muitos sonhavam ir para a Palestina, pois antes da guerra houve um forte movimento sionista em Ryschka que defendia a criação de um Estado judaico. Outros sonhavam ir para a América, onde a promessa era de liberdade e dinheiro.

Nossas visões de mundo eram diferentes, mas havia um consenso: ninguém queria ficar na Ucrânia, nem mesmo na Europa. Embora o futuro parecesse distante naquele momento em que nem sequer havia o presente, éramos jovens e tínhamos esperança de que a guerra logo acabaria. A vida iria recomeçar após a derrota dos nazistas, porque ninguém acreditava que o mal venceria.

– Não tenho dúvidas de que a União Soviética vai ganhar a guerra – eu disse aos rapazes certa vez.

– Nem eu – concordou um deles –, a questão é *quando* isso vai acontecer.

Na guerra, a segunda coisa que aprendi é que jamais devemos perder a esperança, jamais podemos desistir de lutar. Eu repetia isso diariamente, como um mantra. Foi uma lição muito importante depois que virei urso.

Num daqueles dias modorrentos em que o tempo não passava, em que nada havia para fazer além de ficar sentado no chão conversando com outros prisioneiros, tentando não pensar na fome, meu pai apareceu e me pediu para acompanhá-lo.

– Aonde estamos indo? – perguntei no caminho.

– Achar tábuas e pregos.

– Pra quê?

– Te conto depois.

Meu pai nunca foi de dar explicações, e o que ele pedia, eu fazia. Reviramos cada canto do gueto à procura de tábuas e pregos. Quando ele se deu por satisfeito, voltamos ao quarto, onde minha mãe e minha irmã aguardavam ansiosas.

– Por que vocês duas não vão dar uma volta? – sugeriu meu pai, com um sorriso. – Eu e Nahum precisamos fazer um reparo no armário, vamos fazer um barulhão.

Minha mãe pareceu desconfiada, mas concordou em sair. Quando meu pai e eu entramos no quarto, eu estava muito curioso.

– Nahum, me ajude aqui. – Ele me estendeu algumas tábuas.

– O que vamos fazer?

– Construir um esconderijo neste armário. Um fundo falso.

– Para esconder o quê, pai? – questionei, confuso. Não tínhamos comida, pertences, dinheiro, nada. Os nazistas nos tiraram praticamente tudo.

– Para nos escondermos.

– O quê? Como assim?

Meu pai respirou fundo antes de me encarar.

– Nahum, você não é mais criança. Já deve ter ouvido os boatos de que, em outras cidades, os nazistas estão levando os judeus para campos de trabalho forçado.

De fato, a "rádio-gueto" transmitia notícias dia e noite. Algumas eram completamente sem sentido, mas outras, como essa, pareciam bem razoáveis. E, se a notícia vinha do meu pai, o homem mais sensato que eu conhecia, tinha toda a credibilidade.

Ele continuou explicando o plano.

– Se isso for verdade, e é bem provável que seja, precisamos de um esconderijo. Assim os alemães não vão nos achar quando vierem atrás de nós.

A ideia era boa, então começamos a trabalhar. Sem ferramentas adequadas, foi uma luta cortar a madeira e pregar tudo direito. Levamos uma tarde inteira e, quando terminou, ficamos muito satisfeitos com o resultado.

– Só tem um problema – disse meu pai, correndo os olhos pela estrutura de madeira. – Só cabem duas pessoas neste buraco.

Era uma péssima notícia. Terrível. Se precisássemos usar o esconderijo, dois de nós ficaríamos para fora. E eu não tinha dúvidas de que, se precisassem escolher, meus pais obrigariam minha irmã e eu a nos escondermos, ficando eles mesmos à mercê dos nazistas.

Meu pai me pediu para entrar no esconderijo para fazer os últimos ajustes, e eu obedeci. Não era confortável, mas dava para ficar ali por algumas horas.

Quando a noite começou a cair, minha mãe e minha irmã voltaram. Mamãe não me viu no quarto e foi logo perguntando onde eu estava.

– Por aí com os outros rapazes – mentiu meu pai.

– A esta hora? – A voz dela era pura preocupação. – Ele já devia ter voltado. É um perigo ficar lá fora!

De dentro do armário, tentei não rir. Minha mãe, como sempre, ficava apavorada com tudo.

Eu ouvi meu pai abrir a porta do guarda-roupa.

– Querida, olhe dentro deste armário – pediu ele. – Está vendo alguma coisa?

Alguns segundos de silêncio, minha mãe disse que não.

– E você, filha? – continuou meu pai. – Vê algo de diferente?

– Não, papai – respondeu minha irmã. – É o mesmo armário de sempre.

Eu quase podia vê-lo sorrindo.

– Nahum, pode sair – disse ele, batendo com os dedos no fundo do armário.

Eu então tirei uma tábua do lugar e coloquei a cabeça para fora.

Miriam achou muita graça ao me ver, e minha mãe tomou um susto.

– Ficou perfeito! – exclamou ela, se recuperando da surpresa. – Jamais imaginaria que esse fundo é falso.

Eu saí do esconderijo e todos nos abraçamos de felicidade. Agora tínhamos um plano para quando os nazistas viessem nos buscar.

Sobre o problema dos dois lugares, eu e meu pai preferimos não dizer nada.

Capítulo 20

Em 12 de maio de 1942, uma data de que jamais me esquecerei, meu pai nos acordou muito cedo. Quando olhei pela janela, vi que as tropas alemãs estavam se reunindo do lado de fora do gueto. Caminhões carregados de soldados chegavam a todo momento, trazendo homens armados para o que prometia ser uma grande batalha. Eles formavam filas organizadas, preparando-se para entrar no gueto.

Meu pai, que já estava vestido, mandou que nos trocássemos e colocássemos os casacos.

– O que está acontecendo? – minha mãe perguntou, nervosa.

– Provavelmente vieram buscar trabalhadores – respondeu ele, tentando acalmá-la.

– Mas por que só neste lado do gueto? – ela insistiu ao ver que os caminhões se reuniam apenas próximo ao nosso quarto.

– Você sabe como os alemães são organizados, querida. Provavelmente farão isso em um gueto de cada vez.

Mal tínhamos terminado de nos vestir quando, lá fora, o comandante deu ordem para a tropa invadir o gueto. Os soldados entraram correndo e aos berros, como sempre. Deviam achar que nós judeus éramos surdos, já que tudo era feito na base do grito.

Minha mãe, acreditando que os soldados buscavam apenas homens para trabalho forçado, virou-se para meu pai e eu:

– Vocês dois, escondam-se no armário. Quando eles chegarem e virem duas mulheres sozinhas, certamente irão embora.

– De jeito nenhum – disse meu pai. – Não sabemos o que os nazistas estão planejando, não deixaremos vocês à própria sorte.

– Querido, você sabe que cabem apenas duas pessoas no esconderijo. – O tom da minha mãe era de súplica. – Eles querem os homens, eu e Miriam ficaremos bem.

– Se apenas dois podem se esconder, que sejam nossos filhos – meu pai insistiu.

– Não seja teimoso! – ela gritou, desesperada. – Rápido, os soldados estão chegando! Entrem agora no esconderijo!

Pressionados pelo pavor e, principalmente, pela lógica de que os soldados não levariam as mulheres, não tivemos alternativa a não ser obedecer.

– Confiem no meu sexto sentido – disse minha mãe, fechando a porta do armário.

De fato, seu sexto sentido nunca havia falhado. Não até aquele dia.

Apertados no esconderijo, eu e meu pai ouvimos as duas se sentarem na cama e rezarem. Meu coração batia tão forte que tive medo de que os soldados conseguissem escutá-lo.

E, então, os homens entraram na casa. Pelo barulho dos gritos e das botas, eram muitos. Do lado de fora, pessoas gritavam e choravam, implorando para não serem levadas.

Por uma fresta do armário, vi um soldado com uma metralhadora nas mãos se aproximar da minha mãe e da minha irmã e gritar para que saíssem do quarto. Apavorada, minha irmã começou a berrar e agarrou minha mãe com força. O soldado gritou de novo, ordenando que fossem lá para fora, mas nenhuma das duas conseguia se mexer. Estavam em pânico, uma agarrada à outra.

O soldado berrou mais uma vez. Não parecia mais um homem, e sim um animal furioso.

– *Raus, schnell*! Fora, rápido!

Mas as duas não conseguiam se levantar.

Perdendo a paciência, o soldado empunhou a metralhadora e apertou o gatilho. Eu não podia acreditar no que via, aquela cena não podia ser real. Só me dei conta de que não era um pesadelo quando vi o sangue da minha mãe e da minha irmã escorrendo pelas paredes.

Uma mulher e uma criança mortas a sangue-frio. Duas pessoas inocentes e indefesas assassinadas por um nazista brutalmente armado.

Quando olhei para o soldado, vi seus olhos azuis gelados, inexpressivos. O rosto duro como o de um demônio. E então, como se estivesse apenas enxugando o suor após uma corrida, ele pegou um pano que estava sobre a cama e limpou o rosto sujo de sangue.

Aquele soldado não devia ter mais que 20 anos, mas já era um assassino implacável. Como isso podia ser possível?

Ira e sede de vingança me dominaram. Meu pai, percebendo que eu estava prestes a sair para atacar o alemão, me agarrou e segurou minha boca com uma força que jamais imaginei que ele tivesse.

Ele não precisou dizer uma palavra para eu entender que tinha razão. Sair significava morte certa. Antes sequer de colocar a cabeça para fora do esconderijo, eu levaria um tiro.

E morrer não era a maneira mais inteligente de me vingar dos nazistas.

O soldado, que havia terminado de se limpar, virou-se de costas e correu para a casa ao lado.

Eu e meu pai permanecemos ali pelo que pareceu ser um longo tempo. Nenhum de nós conseguia falar ou se mexer.

Estávamos em completo choque, devastados. Até aquele momento, acreditávamos que as mulheres seriam poupadas. Foi a primeira vez que o instinto da minha mãe falhou.

Ainda havia tantas casas para os nazistas invadirem, tantos judeus para capturarem que, por milagre, nenhum soldado se deu ao trabalho de revistar o quarto e abrir o armário.

Não sei por quanto tempo ficamos ali. Horas, com certeza.

Fui eu quem quebrou o silêncio.

– Pai. – Minha voz parecia um sopro. – O que vamos fazer?

– Por enquanto, esperar – respondeu ele, começando a chorar e a rezar.

As lágrimas escorriam pelo rosto do meu pai e encharcavam seu casaco. Aos meus olhos, ele se transformava em um fiapo de homem, esmagado pelo peso da impotência, da desesperança e do arrependimento.

Eu acompanhei meu pai nas rezas.

Mais algumas horas se passaram, e pela fresta no armário vi que havia escurecido lá fora. Pouco depois, soldados mandaram um grupo de judeus entrar de casa em casa para recolher os mortos, que seriam enterrados no descampado do aeroporto.

Eles entraram no nosso pequeno dormitório e levaram os corpos da minha mãe e da minha irmãzinha. O som dos caminhões preencheu novamente o gueto, diminuindo à medida que se afastavam. Depois, silêncio.

Lá fora, não se ouvia um animal sequer, nem mesmo o farfalhar das árvores. Era como se toda a vida em Ryschka tivesse sido eliminada.

Eu sentia como se estivesse embaixo d'água, alheio aos sons externos e ao peso do meu próprio corpo, a ausência absoluta de tudo.

O nada. O vácuo. O vazio.

Já era tarde da noite quando decidimos sair. Abrimos a porta do armário devagar e rastejamos até a sala com cuidado. Tudo que havia naquela casa tinha sido jogado no chão, quebrado e destruído.

Quando alcançamos a porta, vimos uma cena ainda mais apavorante do lado de fora. As ruas estavam repletas de roupas rasgadas, móveis quebrados, brinquedos destruídos. E havia sangue, muito sangue por todos os lados.

– Parece que um furacão passou por aqui – sussurrei.

– Não – disse meu pai, entredentes. – Furacões chegam, destroem e vão embora. Os nazistas nunca param de destruir.

Nos embrenhamos com cuidado pelas ruas até percebermos que o gueto estava totalmente vazio. Era provável que ninguém tivesse escapado daquela *aktion*.[8] Do outro lado da cerca, o Gueto 2 continuava intacto. Não havia ninguém nas ruas devido ao toque de recolher, mas dava para ver que não havia sido atacado.

– Por que nós sobrevivemos e elas não? – meu pai repetia sem parar. – Eu devia tê-las salvado. Era para eu ter ficado do lado de fora; e vocês, escondidos. Jamais me perdoarei por isso.

– Você não teve culpa de nada, pai – tentei confortá-lo. – Acreditamos estar fazendo a coisa certa. Quem imaginaria que esses covardes

---

[8] Refere-se aos ataques orquestrados pela Alemanha nazista contra os povos alvo de sua política eugenista.

assassinariam mulheres e crianças? A culpa de tudo isso é dos nazistas. Foi um milagre termos sobrevivido.

Mas as palavras pareciam não o atingir. Ele estava destruído. Naquele momento, senti que passei a ser pai do meu pai.

É claro que eu estava arrasado, mas o ódio que sentia me trouxe uma força tremenda. Eu queria lutar contra os nazistas. Queria acabar com eles.

O urso estava cada vez mais desperto, e ele era muito forte, muito bravo. O urso ia cuidar do meu pai.

Com todas as mudanças que haviam acontecido em nossas vidas, decidi que eu tomaria as decisões. Que seria o chefe da família.

– Precisamos ir para o outro lado do gueto – eu disse ao meu pai. – Se ficarmos aqui, eles nos encontrarão. No outro gueto talvez possamos sobreviver pelo menos por um tempo, quem sabe, até que a guerra acabe.

Vendo que meu pai não se mexia, eu o peguei pelo braço e o puxei em direção à cerca que separava os guetos. Não havia ninguém supervisionando a passagem. Imagino que, depois daquela *aktion*, os soldados estivessem cansados e bêbados, já que era comum as tropas ganharem doses extras de vodca após as operações.

Eu e meu pai nos embrenhamos pela cerca de arame farpado. Arranhamos o corpo inteiro, mas conseguimos passar para o outro lado.

Batemos na primeira casa que encontramos e, após alguns segundos de completo silêncio, ouvimos alguém dizer “São judeus!” e abrir a porta. Todos sabiam o que tinha acontecido do outro lado, e o boato era de que ninguém tinha sobrevivido. Descobrimos mais tarde que outras pessoas também conseguiram se esconder e passar para o Gueto 2, mas quem tentou fugir dos guetos foi denunciado pelos ucranianos e entregue aos nazistas.

Nossos anfitriões nos deram um pedaço de pão e um pouco de água. Era tudo o que tinham, e nos sentimos gratos.

De tão cansados, dormimos logo depois de comer. Ninguém sabia como seria o dia seguinte, nem mesmo se haveria um dia seguinte. O medo era de que uma nova *aktion* dizimasse também o Gueto 2.

Capítulo 21

O dia seguinte chegou, e enfim entendi a razão de existirem dois guetos.

– Os nazistas nos dividiram de acordo com nossa profissão para nos usarem como mão de obra – explicou Shlomo, um rapaz da minha idade que conheci no Gueto 2. – Os alfaiates e sapateiros reformam os uniformes dos soldados alemães. Os marceneiros e carpinteiros constroem móveis e ferramentas diversas. Os relojoeiros separam as joias roubadas. E aqueles que têm mais força física ou habilidades manuais úteis são poupados para o trabalho forçado. Por isso afirmei ser pedreiro no dia da seleção, mesmo nunca tendo pegado em uma pá na vida.

– Você tem razão – concordei, compreendendo a cruel lógica alemã. – Meu pai é contador, então não tinha utilidade para eles. A partir de agora, vou dizer que sou carpinteiro. E, se me derem um martelo, racho a cabeça de um soldado nazista.

Ao entender os critérios da divisão, meu pai ficou ainda mais abatido, culpando-se por termos ficado no gueto "errado". Eu tentava animar o velho.

– Pai, quem poderia adivinhar? Os únicos culpados são os nazistas.

Alguns dias depois, descobrimos o destino dos que haviam sido levados nos caminhões: o mesmo ritual da primeira vez. Foram transportados para o descampado do aeroporto, onde os homens cavaram grandes valas, todos se despiram e foram fuzilados. Quatro mil e quinhentos judeus mortos.

O ritual macabro durou alguns dias, com tiros ecoando pela cidade e nós sem podermos fazer nada. Estávamos presos no gueto, e, mesmo que conseguíssemos fugir, não havia como lutar.

No Gueto 2, descobri que as coisas funcionavam de um jeito diferente: soldados nazistas iam diariamente pegar pessoas para trabalhos forçados. Elas eram escravizadas em oficinas, fábricas e confecções fora do gueto, onde eram alimentadas com uma ração composta por um pedaço de pão velho e um prato de sopa que mais parecia água suja.

Eu sabia que precisava trabalhar. Só assim teria comida para sobreviver e vingar minha família. Queria mesmo um martelo para afundar na testa de um alemão nazista.

Meu ódio crescia a cada dia, sonhando com vingança. Em vez de me abater, eu me sentia mais forte. Era um urso pronto para atacar.

Certa manhã, o encarregado por levar os trabalhadores veio em busca de homens para cortar lenha na floresta. Isso soou como música em meus ouvidos: para cortar lenha, é preciso um machado. E, para mim, um machado significava um nazista partido no meio.

Na mesma hora me ofereci para a tarefa e levei meu pai comigo. Abatido como estava, sua saúde se deteriorava rapidamente, e um pouco de pão e sopa lhe fariam bem. É claro que não contei que pretendia descer o machado na cabeça de um soldado. Ele jamais aprovaria essa ideia.

Quando subimos no caminhão rumo à floresta, não nos deram um machado. *Tudo bem*, pensei. *Ganharemos ao chegar lá*. Mas, quando chegamos, tudo que nos deram foram serrotes traçadores, daqueles que se usa em dupla. Não dava para atacar os soldados sozinho com aquela lâmina flexível. Eu precisava de outro plano.

E, então, a sorte sorriu para mim.

O caminhão partiu, deixando apenas um soldado armado para fiscalizar um grupo inteiro de judeus.

A primeira coisa que ele fez, é claro, foi gritar com a gente.

– *Schnell*, rápido! Cortem logo essas árvores!

Aqueles idiotas não sabiam falar feito gente, mas aproveitei a confusão para ficar ao lado de um sujeito forte do grupo. Eu peguei o serrote de um lado, ele do outro, e fomos nos aproximando de uma árvore.

Nós começamos a serrar.

Mas ursos não cortam lenha. Ursos não obedecem a ordens. Ursos lutam. Ursos atacam. Ursos não se rendem.

Eu olhei ao redor e contei quantos éramos: dezoito. Em hebraico, dezoito é *chai*, que também significa vida. O número não era por acaso. Havia um motivo para sermos dezoito pessoas. No judaísmo não existem coincidências.

Eu não conseguia parar de pensar que, depois daquele trabalho, seríamos mandados de volta ao gueto, onde passaríamos fome e frio. Se houvesse um dia seguinte, poderíamos conseguir outro serviço, mas também poderíamos ser levados para o descampado do aeroporto, obrigados a cavar a própria cova e assassinados com um tiro nas costas.

Por que diabos eu deveria voltar para o gueto?

Examinei o entorno outra vez, agora mais detalhadamente. Estávamos em uma região de mata, sem casas ao redor. O caminhão do exército já tinha sumido de vista. Quanto ao grupo, embora meu pai estivesse debilitado, os demais eram jovens e fortes, apesar das condições péssimas em que vivíamos no gueto.

Quando o soldado se afastou para gritar com outra dupla, aproveitei para me comunicar com o sujeito na outra ponta do serrote.

– Meu nome é Nahum – eu me apresentei.

– Moshe – respondeu ele. Alto e forte, o rapaz tinha cara de quem não pretendia morrer sem lutar.

– Preste atenção no que vou dizer, Moshe – eu sussurrei em ucraniano para o alemão não entender. – Nós vamos atacar esse nazista, pegar as armas dele e fugir.

– O quê? – Moshe me olhou assustado. – Você está louco? Ele vai nos matar!

– Pode ser que ele consiga matar um ou dois de nós, mas não dezoito ao mesmo tempo. – Eu olhei ao redor, indicando o grupo. – Podemos acabar com ele e escapar com vida.

– Mas para onde iríamos? Estamos no meio do nada.

Eu apontei para a floresta, para a liberdade.

– Para qualquer lugar que não seja o gueto. Para a Rússia, a Lituânia, o Mar Negro, o quinto dos infernos, sei lá! Qualquer destino é melhor do que morrer no gueto – respondi, bravo.

Sem parar de serrar, Moshe pensou um pouco e abriu um sorriso.

– Eu topo. Conte comigo.

– Precisamos avisar os outros para se prepararem.

Quando terminamos de cortar a árvore, nos aproximamos de outro judeu com cara de lutador e contamos o plano. Ele topou na mesma hora.

– Estou nessa – respondeu o sujeito, que se chamava Itzak.

– Vocês enlouqueceram. Esse nazista vai matar a gente – disse o parceiro de Itzak, desconfiado.

– Vai matar, sim. Se não hoje, será amanhã. Ou depois. E eu não estou a fim de esperar – respondi, irritado.

Por fim, todos do grupo concordaram. O último a saber foi meu pai, que protestou e também me chamou de *mishiguene*, mas, quando eu disse que precisávamos vingar nossa família, ele concordou. O apoio dele me deixou mais confiante.

O soldado que estava de vigia era tão relaxado que nem se deu conta de que tramávamos um ataque. Eu já tinha percebido que os alemães só funcionavam bem em grupo; quando estavam sozinhos, eram medrosos e incompetentes.

– *Schnell, schnell*! Depressa, seus vermes imundos! – ele gritava de tempos em tempos, apenas para não perder o costume.

Pode xingar à vontade, seu comedor de chucrute, pensei. *Daqui a pouco você vai ver quem é o verme.*

O soldado parecia entediado. Eu havia combinado com Moshe e Itzak que o atacaríamos assim que ele parasse para fumar, pois estaria com as mãos ocupadas.

Ele então pegou o cigarro e nós nos aproximamos disfarçadamente, como se estivéssemos indo depositar algumas toras de madeira no chão. O soldado mal olhou na nossa direção, não achava que éramos capazes de reagir. O que ele não sabia é que eu já tinha virado urso. Agora, era tarde demais para ele se defender.

Quando estávamos perto o bastante, pulei sobre o alemão como uma fera, com toda a brutalidade e violência que vinham crescendo em mim. Moshe e Itzak fizeram o mesmo, imobilizando o idiota antes que ele sequer tivesse tempo de entender o que estava acontecendo.

– Não disse que os alemães são inúteis sozinhos? – falei aos meus parceiros. – Só são valentes em grupo e contra pessoas indefesas.

Desesperado, o soldado tentava se soltar. Ele parecia não entender como aqueles "judeuzinhos" conseguiram atacar um homem armado.

Quando se deu conta de que estava rendido, ele parou de se debater e começou a implorar para não ser morto.

– Por favor, não me matem! – O nazista chorava como uma criança. – Eu tenho mulher e filhos!

Ao ouvir isso, senti meu sangue ferver. O urso que havia em mim estava irado; ele mostrou os dentes, as garras e, com um urro, agarrou o nazista pelo pescoço.

– *Você* tem mulher e filhos? E os judeus, não têm família? Seu exército matou minha mãe e minha irmã a sangue-frio, seu filho da puta!

O murro que acertei na boca do soldado foi tão violento que pude ouvir seu maxilar se partindo. Ele cuspiu sangue e dentes.

Foi a primeira vez que senti o urso dentro de mim extravasar sua força.

Continuei a esmurrar o alemão com força, cada soco abrindo um corte em sua cara. Seu nariz se quebrou em meus dedos. Eu ia matá-lo a pancadas. Minhas patas de urso queriam um pedaço daquele nazista.

– Eu vou te matar, seu desgraçado! Eu vou te matar! – eu urrava.

Minha ira era tanta que meus parceiros precisaram me segurar para que eu parasse. O alemão já estava no chão, desfalecido. Sua cara era uma massa disforme de sangue e ossos partidos. Mas eu queria acabar com ele, queria esmagá-lo. Foi quando meu pai gritou para me impedir.

– Nahum, pare! Nós não somos como eles, não somos assassinos!

Meu pai tinha razão, mas ursos não são racionais. Com as patas dianteiras imobilizadas pelos outros rapazes, eu usava as traseiras para chutar aquele comedor de chucrute.

– Chega, Nahum! – meu pai implorou. – Você não precisa matar esse soldado. Ele já será fuzilado por ter nos deixado escapar.

Aos poucos, consegui me acalmar. Queria fazer justiça com as próprias mãos, mas sabia que meu pai estava certo. Eu o deixaria morrer pelas mãos dos nazistas.

Os rapazes me soltaram e começamos a tirar o uniforme, as botas e o cinto do soldado, que poderiam ser úteis para nós. Em seguida, peguei a metralhadora para mim, distribuí a pistola e as granadas para meus parceiros e nos embrenhamos na floresta.

– Precisamos ir o mais longe possível – eu os instruí. – Quando os alemães souberem que fugimos, virão imediatamente atrás de nós.

Não foi preciso votação para me escolherem como chefe do grupo. Como se sentissem o poder do urso e sua familiaridade com a floresta, todos concordavam com o que eu falava. Assim, caminhamos durante horas, adentrando cada vez mais a mata.

Mesmo com todas as dificuldades da operação, eu não conseguia deixar de pensar na sorte que tinha por meu pai ter sido selecionado para aquela tarefa de cortar lenha. Se ele não estivesse ali, não sei se teria coragem de fugir e abandoná-lo. A fuga também deu um pouco de ânimo ao meu pai, que agora caminhava de cabeça erguida.

– Você fez a coisa certa ao fugir, Nahum – ele me disse quando ficamos lado a lado. – Mais dia, menos dia, os alemães acabariam nos matando. Agora temos chances de sobreviver.

– Obrigado, pai. – Eu o abracei. – Há momentos na vida em que precisamos nos arriscar.

– Sua mãe e sua irmã com certeza estão orgulhosas de você. Você teve muita coragem.

A conversa foi interrompida por Itzak, que se aproximou com um sorriso.

– Que sorte estarmos no verão, não é? Assim não vamos passar frio.

– É verdade – respondi. – Por outro lado, isso significa que vai demorar mais para escurecer, então os alemães terão mais tempo para nos caçar. Eles usarão cachorros treinados para nos farejar; por isso, quanto mais longe conseguirmos ir, mais seguros estaremos.

– Você acha mesmo que os nazistas vão gastar todo esse tempo e recursos com um bando de judeus no meio da floresta? – perguntou Itzak, surpreso.

– Tenho certeza. Se nos pegarem, seremos enforcados em praça pública para servir de exemplo aos judeus que tentarem fugir. Por isso não podemos parar de andar. Não vai ser fácil, mas nossa vida depende disso.

Caminhamos por mais algumas horas, até que escureceu. Sem os equipamentos necessários, era impossível seguir adiante na mata, então paramos para dormir e descansar um pouco. A vigia foi organizada e as armas distribuídas. Esgotado de tanto andar e de toda a adrenalina do dia, deitei próximo ao meu pai e dormi como um urso, no chão e ao ar livre.

Desde que fomos levados para o gueto, aquela foi a primeira noite em que consegui descansar. Sonhei que estava com minha família na beira do rio Ikva. Minha mãe tinha feito *varenyky* com cebola frita e minha irmã nadava de um lado para o outro. As águas brilhavam, refletindo uma luz forte e branca. Quando acordei, percebi que era a luz do sol passando por entre as árvores e iluminando meu rosto.

Eu me levantei e fui em direção aos rapazes, que já tinham acordado e se apresentavam uns aos outros. Itzak, de 21 anos, havia sido atleta antes da guerra: além de jogar futebol no time de Ryschka, praticava luta greco-romana, esporte nacional da Lituânia, onde seus pais haviam nascido. Moshe, de 20 anos, era forte como um touro, capaz de arrancar a cabeça de um nazista com as mãos se fosse preciso. Era de pessoas assim que o grupo precisava, gente com coragem de enfrentar o exército sem medo de matar ou morrer.

Aos 42 anos, meu pai era o mais velho; e eu, aos 17, o mais jovem. Os demais rapazes tinham entre 20 e 25 anos e, para nossa sorte, estavam todos em boa forma física.

Após mais algum tempo de conversa, era hora de levantar acampamento e continuar a fuga. Precisávamos estar sempre à frente dos alemães, mas uma coisa nos preocupava: estávamos todos com fome e sede, e não havia árvores frutíferas nem raízes comestíveis naquela floresta.

Foi então que Moshe fez uma sugestão.

– E se caçarmos algum animal?

Um urso pensa em tudo quando está com fome, e é claro que eu já tinha considerado essa opção. Porém, havia alguns impedimentos.

– Precisaríamos usar armas de fogo para caçar, já que não temos iscas para armadilhas. Se fizermos isso, além de perdermos balas, os alemães poderão ouvir os tiros e nos achar mais facilmente.

– É verdade, mas precisamos urgentemente de comida e água, além de mais armas e roupas – disse meu pai.

– Acho que não tem nenhuma loja aqui perto – disse Tzvi, e todos caíram na gargalhada. Ele era o piadista do grupo e, sempre que estava por perto, conseguíamos relaxar um pouco, o que era incrível.

– Nossas lojas serão os sítios dos ucranianos – falei, abrindo um sorriso.

Todos olharam para mim, e continuei:

– Primeiro, vamos procurar um riacho para beber água; depois, uma propriedade para assaltar. Temos uma pistola, uma metralhadora, uma faca e três granadas. É o suficiente.

– E como faremos isso? – perguntou Itzak.

– Precisamos examinar o sítio de longe, descobrir quantas pessoas vivem ali e o que tem para comer. Feito isso, Mordechai, Jankel e David ficarão de vigia; enquanto eu, Itzak e Moshe atacamos e rendemos os moradores. Quando a situação estiver dominada, os demais se juntam a nós para pegar a comida.

– Espero que ninguém seja *kasher*! – disse Tzvi, arrancando outra gargalhada do grupo.

Após todos concordarem com o plano, andamos durante horas até encontrarmos um riozinho. Foi uma alegria. Fazia muito tempo que ninguém bebia uma gota de água.

Até aquele momento não havia nem sinal dos alemães, mas eu tinha certeza de que eles estavam atrás de nós, por isso caminhávamos o tempo todo. A Ucrânia é um país de clima temperado, o que significa que as florestas não são densas, de mata fechada, e que não é fácil se esconder entre a vegetação. Em outras palavras, não dava para construir esconderijos no mato porque não havia mato, apenas campos abertos de gramíneas e arbustos.

– Nahum, está vendo aquela fumaça? – Moshe me chamou a atenção para um rastro distante no céu. – Com certeza é de alguma chaminé.

– Bem observado, parceiro. Vamos até lá para ver.

Quando nos aproximamos, vimos que a fumaça vinha de um pequeno sítio, exatamente do que precisávamos. Havia uma casa modesta, provavelmente de um cômodo só, o que facilitaria render os moradores. Do lado de fora, avistamos um galinheiro e uma plantação de batatas e beterrabas. Parecia um banquete para aquele grupo de dezoito esfomeados.

– Já consigo ver aquelas galinhas assadas com batatas – comentou Tzvi, lambendo os beiços.

Nós nos escondemos e analisamos a rotina da casa. Havia um casal e três filhos adultos, o que me deixou preocupado; eles poderiam reagir, tentar lutar, e eu não queria disparar nenhum tiro, não queria matar inocentes, só queria um pouco de comida e algumas roupas. Não tínhamos escolha senão arriscar, então planejamos o ataque enquanto esperávamos escurecer.

– Vamos tentar agir sem violência – eu instruí o grupo. – A notícia de um ataque judeu a um sítio ucraniano vai se espalhar como fogo no palheiro. Todos ficarão mais atentos, e, se machucarmos ou matarmos alguém, será pior para nós. Por isso, mantenham a calma e a cabeça fria.

Quando escureceu e as janelas foram fechadas, deduzimos que a família deveria estar jantando. Aguardamos mais algumas horas, até termos certeza de que todos já tinham ido dormir. Era difícil esperar. O urso tinha muita fome.

Chegada a hora, fiz sinal para Itzak e Moshe e nos aproximamos da casa com cuidado, em silêncio. Havia uma porta só. O urso a abriu devagar e entrou, seguido por seus dois parceiros. Estava muito escuro lá dentro, o que não era nada bom; os ucranianos conheciam o espaço, sabiam onde estava cada coisa, ao contrário de nós. Decidimos esperar um pouco para nossos olhos se acostumarem à escuridão, e então nos aproximamos da cama do casal.

Com a metralhadora apontada para a mãe, fiz sinal para Moshe acender o lampião. Lentamente, a chama iluminou o ambiente, e a família acordou assustada.

– O que está acontecendo? – perguntou um dos filhos.

– Calados! – o urso urrou. – Isto é um assalto. Não queremos machucar ninguém, mas, se não nos obedecerem, mataremos todo mundo, começando pela mulher. Meu amigo vai amarrar vocês. Basta colaborarem e ninguém vai sair ferido.

Antes que outro filho pudesse protestar, o pai mandou que ficassem quietos.

– Façam o que ele está mandando.

Moshe começou a amarrá-los, mas, para a infelicidade da família, um dos filhos falou uma grande besteira.

– Seus judeus de merda! Quando sair daqui, vou acabar com vocês!

Sem pensar duas vezes, Moshe socou o rapaz na cara, quebrando alguns de seus dentes.

– Desculpe, Nahum – ele disse em iídiche. – Não consegui me controlar.

– Tudo bem, agora já foi – respondi, e então me virei para Itzak: – Diga aos outros para pegarem tudo que der.

Ele foi lá fora e fez sinal para o grupo, que pegou tudo o que foi possível: galinhas, batatas, beterrabas, duas garrafas de vodca, algumas garrafas vazias para armazenar água e até uma espingarda.

Corremos para a floresta felizes da vida com nosso primeiro assalto. Quando estávamos longe o suficiente, sentamos para repartir a comida. Foi decidido que sempre dividiríamos tudo igualmente, ninguém teria mais que os outros.

– Alguém tem fósforos? – perguntou David, um garoto um pouco mais velho do que eu. – Quero fazer uma fogueira para assar essas galinhas.

– Sinto muito, rapazes, mas não podemos acender fogueiras nem para cozinhar, nem para nos aquecermos – intervi. – A fumaça nos denunciaria aos alemães.

– Quer dizer que vamos comer os frangos e as batatas crus? – O garoto estava chocado.

– Desculpe pelo serviço, David, mas nosso restaurante é de quinta categoria – disse Tzvi, quebrando a tensão e arrancando novas gargalhadas do grupo.

Depois de matar as galinhas e dividir os vegetais, finalmente começamos a comer. Confesso que, mesmo morrendo de fome, o gosto de carne crua e me deixou enjoado. Eu tentava me lembrar da canja que minha mãe fazia, quentinha, gostosa e bem temperada, mas a realidade era terrível. Mesmo assim, não deixei sobrar nada. Quando não se tem escolha, a sobrevivência fala mais alto.

Um urso come sua presa crua, pensei. *É melhor eu me acostumar.*

Meu pai, talvez para dar o exemplo, era o único que não reclamava. Por sorte tínhamos um pouco de vodca, que ajudava a descer os pedaços de frango. No final, sobraram apenas os ossos, limpinhos até o último fiapo. Se fosse possível, teríamos comido os ossos também.

Terminada a refeição, organizamos a guarda e fomos dormir. Mesmo estando exausto, a indigestão não me deixou pegar no sono. Dormi mal por várias semanas, até meu organismo se acostumar com a comida crua – que, aprendi depois, era preciso mastigar muito mais do que a comida cozida.

Hoje eu percebo como é incrível a resistência do corpo humano. Conseguimos nos acostumar às maiores dificuldades e, para sobreviver, criamos forças que nem sequer imaginávamos ter.

No dia seguinte, acordamos mais uma vez com o nascer do sol. Pela cara dos rapazes, eu não era o único que tinha dormido mal.

– Meus amigos, levantar acampamento! – bradei, tentando animá-los. – É hora de encontrar outra "loja".

Após disfarçar nossos rastros para que os alemães não soubessem por onde havíamos passado, saímos sem direção. Eu sabia que, mais cedo ou mais tarde, encontraríamos outro sítio para atacar.

E foi exatamente o que aconteceu: depois de caminhar algumas horas, vimos uma casa. Como da primeira vez, nos escondemos para descobrir quantas pessoas viviam ali e o que poderíamos pegar, e, quando anoiteceu, nós atacamos. Não houve resistência, ninguém reage com uma espingarda apontada para a própria cabeça. Sabíamos disso porque vivíamos a mesma situação no gueto: quando uma pessoa armada aborda você, não vale a pena dar uma de herói.

– Tive uma ideia – falou Itzak, virando-se para mim após amarrar os reféns. – Por que não cozinhamos o frango antes de irmos embora? Assim não precisamos comer carne crua outra vez.

Era uma ideia tentadora. Ainda sentíamos na boca o gosto de frango cru, cada vez mais podre após um dia inteiro sem comer nada. Além disso, uma refeição de verdade certamente aumentaria o moral do grupo.

Mas, antes que eu pudesse responder, meu pai disse com sabedoria:

– É melhor comer carne crua do que não comer carne alguma. Quanto mais tempo ficarmos aqui, mais risco corremos de sermos surpreendidos por algum vizinho ou camponês. Vamos pegar tudo e fugir o mais rápido possível.

Vendo o desânimo dos rapazes, ele completou:

– Com o tempo vamos nos acostumar com o gosto de sangue. Somos carnívoros, não é? Antes de a humanidade descobrir o fogo, era assim que os homens das cavernas viviam. E, se eles conseguiram sobreviver, nós também vamos conseguir.

Todos concordaram, e dessa vez foi Tzvi quem teve uma ideia.

– Vamos pelo menos levar um pouco de sal. Assim podemos disfarçar o gosto do sangue.

De volta à floresta com os suprimentos, caminhamos mais algumas horas e nos sentamos para comer.

– Viu como eu tinha razão, Nahum? – disse Tzvi, sorrindo para mim com um pedaço de carne na mão. – Esse franguinho salgado ficou bem mais gostoso.

– Nunca comi algo tão bom, parceiro! – Eu sorri de volta. – Depois que a guerra acabar, você pode abrir um restaurante.

Quando digo que no judaísmo não acreditamos em coincidências, é porque a vida sempre dá voltas para nos surpreender. Após o fim da guerra, cada um seguiu seu caminho, e perdi o contato com a maioria dos meus companheiros de fuga. Trinta anos depois, soube por meio de conhecidos em comum que Tzvi tinha emigrado para Melbourne, na Austrália, e imediatamente entrei em contato com ele para combinar uma visita. Chegando ao endereço do meu amigo, qual não foi minha surpresa ao me deparar com um charmoso restaurante? Foi um reencontro muito emocionante.

– Não acredito que você seguiu meu conselho, parceiro! – falei, feliz e emocionado, ao vê-lo.

– Dê uma olhada nos pratos, Nahum. – Ele riu ao me entregar o cardápio, piadista como sempre. – Notou alguma coisa?

Li atentamente a descrição dos pratos, mas não vi nada de diferente.

– Tem carne de boi, certo? – Tzvi prosseguiu, achando graça da minha confusão. – E peixe, massas, saladas...

Foi então que entendi o que ele queria dizer, e caímos na gargalhada como dois velhos amigos. O restaurante não tinha nem um prato com frango.

Capítulo 22

Os dias na floresta eram todos iguais: nós caminhávamos, descansávamos quinze minutos a cada três horas, procurávamos sítios para roubar comida e nos escondíamos para dormir. Já fazia alguns meses desde a nossa fuga, e agora estávamos na metade do outono. Com o inverno prestes a chegar, nem imaginávamos como seria possível sobreviver na floresta sem roupas adequadas, sem um teto e sem comida suficiente.

Esse tempo na floresta tinha nos feito um belo estrago. Eu me sentia um urso e fedia como um. Meus cabelos, completamente embaraçados, imundos e infestados de piolhos, já cobriam as orelhas. A única vantagem é que ajudavam a aquecer a cabeça, mas, quando a guerra terminou, não havia pente que desse jeito. Tive que raspar tudo, ficar careca. Minha barba, por sorte, ainda era rala, mas também tinha uma aparência horrível, com pelos crescendo desgrenhados por todos os lados. Minhas unhas, sempre imundas, eu cortava com os dentes ou com uma faca. Se minha mãe me visse nesse estado, me daria uma surra! Quando encontrávamos um rio, lavávamos o rosto como dava, mas ninguém se animava a entrar na água gelada para tomar banho; com a temperatura despencando a cada dia, todos temiam pegar um resfriado.

Isso para não falar das roupas, esfarrapadas e rasgadas, que não lavávamos desde o fim do verão por não termos o que vestir enquanto secassem. Com o tempo, aprendemos que a sujeira e a gordura da pele protegem do frio, assim como nos ursos. Já que estávamos vivendo como animais, seguiríamos o exemplo deles.

Mas havia uma grande vantagem em viver na floresta, algo que não tinha preço: éramos livres. Não estávamos confinados em um gueto nem recebendo ordens de um nazista filho da puta.

É claro que, quando atacávamos um sítio, além de comida e armas, também pegávamos algumas roupas. Mas não pense que os camponeses na Ucrânia tinham um armário recheado; naquela época, os países do Leste Europeu eram muito pobres, tudo era muito difícil. Quando muito, conseguíamos uma camisa ou uma calça velha. Raramente havia casacos sobrando, e nunca tive coragem de despir os camponeses para levar o que estavam usando. Vontade havia, é instinto de sobrevivência, mas não éramos monstros. Pegávamos apenas o suficiente para nos manter vivos por mais uns dias.

O maior problema, como descobri depois, eram os sapatos. É possível racionar comida e água, dormir no chão e ao ar livre, passar meses sem tomar banho e usar roupas imundas, mas não dá para caminhar descalço na floresta. Os pés se machucam e inflamam com facilidade, sem falar na necrose provocada pelo frio. Numa situação dessas, quem não consegue caminhar acaba morto. Por isso, quando as botas estragavam era preciso improvisar, cortar um pedaço da roupa e amarrar nos pés para se proteger. Mas essa era uma solução frágil e provisória, e estávamos sempre torcendo para encontrar novos sapatos. Quando conseguíamos, repassávamos para quem tinha mais necessidade, pois o maior terror de todos era ficar sem sapatos.

Infelizmente, foi o que aconteceu com Morris.

Morris era o sujeito mais calado do grupo, o tipo de pessoa que não se destaca. Sempre na dele, fazia o que mandavam sem reclamar ou dar palpites, acordava na hora certa, cumpria seu turno na vigia, não arrumava confusão. Ele se dava bem com todo mundo, o que é fundamental quando se vive em grupo, onde desentendimentos e brigas são frequentes. Mas não para o Morris. Morris estava sempre na dele.

Após meses de caminhada, a bota dele se abriu e perdeu a sola. Ele passou a amarrar trapos nos pés para conseguir caminhar, ia rasgando as roupas e se enfaixando à medida que o tecido desgastava. É claro que não é o ideal, o pano não tem a resistência do couro, mas não havia opção.

Um dia, Morris machucou feio o pé direito pisando em uma raiz de árvore pontuda, que abriu um corte profundo. Ajudamos a limpar como deu, jogando vodca para desinfetar e tentando estancar o sangue com mais trapos, mas não podíamos parar de caminhar. Andar significava sobreviver. Morris sabia disso, e seguia o grupo sem reclamar.

O corte foi piorando com os dias, se abrindo e inflamando, mas Morris nunca se queixava. Até que ele não conseguiu mais andar. Quando percebemos a gravidade do problema, a infecção já tinha se espalhado para a perna, que estava inchada e com uma cor estranha. Alguém lhe ofereceu as próprias botas, mas o pé de Morris estava tão inchado que elas já não serviam, nem ele achava justo pegar os sapatos de outra pessoa. Com a piora da infecção, veio a febre. Não havia médicos no grupo, mas sabíamos que febre alta e constante significava que a infecção se espalhava rapidamente. Nós tentamos ajudá-lo a caminhar, quase o carregávamos nos ombros. Sem remédios ou recursos, era tudo o que podíamos fazer.

Certo dia, acordamos e vimos que Morris havia sumido. Saímos na mesma hora à procura dele, e infelizmente não foi preciso ir longe. A cena era horrível e nunca mais saiu da minha memória. Morris havia se enforcado em uma árvore com uma corda feita de retalhos das próprias roupas. Nosso companheiro se matou porque se achava um fardo, porque não queria nos prejudicar.

Naquele dia, odiei a guerra e os nazistas ainda mais. O urso urrava dentro de mim com todas as forças. Se os soldados tivessem nos encontrado ali, naquele momento, eu teria matado todos com minhas próprias mãos. Não chorei porque ursos não choram, porque meu ódio era maior que a tristeza, mas todos precisamos de um tempo para lidar com a perda. Quando criamos coragem para tirar o corpo do galho, cavamos um buraco fundo e enterramos nosso amigo. Foi um dos dias mais tristes da minha vida. Durante a reza, meu pai disse algo que nunca esqueci.

– Lamentamos a morte deste homem bom e honesto, mas uma coisa nos conforta: Morris viveu e morreu livre.

Naquele dia, reforcei minha promessa a mim mesmo. Eu sairia vivo da guerra, eu vingaria a morte da minha mãe, da minha irmã e do meu amigo. O urso não ia sossegar enquanto não acabasse com os nazistas.

Em outubro de 1942, os nazistas iniciaram a destruição do segundo gueto de Ryschka. Ainda viviam ali 4.500 judeus, explorados como mão de obra escravizada nas fábricas alemãs. Depois de meses de trabalho pesado, sem descanso, e de uma alimentação escassa, a maioria dos prisioneiros estava exausta e doente; apenas os mais jovens tinham alguma força. Quando não serviam mais para trabalhar, os judeus eram mortos e descartados.

Em 5 de outubro daquele ano, os nazistas invadiram o segundo gueto e levaram os judeus para o descampado do aeroporto da cidade, onde foram todos fuzilados. As aktions *prosseguiram até 23 de outubro, quando o gueto foi totalmente destruído. A comunidade judaica de Ryschka, presente na cidade havia cerca de quinhentos anos, já não existia mais. Ryschka agora era* judenfrei, *uma palavra criada pelos alemães durante a Segunda Guerra para identificar locais livres de judeus.*

Ao final da guerra, em 1945, menos de 400 dos 8 mil judeus de Ryschka escaparam com vida. Entre eles estavam os homens do grupo de Nahum e os que conseguiram fugir para o interior da União Soviética durante a invasão alemã. Segundo estimativas, menos de 10 judeus retornaram a Ryschka após a guerra.

Quinhentos anos de história judaica em Ryschka foram apagados. As sinagogas foram abandonadas, o cemitério destruído, as casas judaicas invadidas. Durante a última aktion, *alguns conseguiram escapar do massacre, esperaram escurecer e fugiram para a floresta. Todos sabiam do grupo que vivia nas matas e atacava sítios ucranianos, e os fugitivos iam ao encontro deles.*

As primeiras notícias sobre o grupo de Nahum surgiram quando o soldado responsável por vigiá-los voltou de mãos vazias. Os alemães não o perdoaram por deixar dezoito judeus escaparem, e o soldado foi fuzilado.

Todos sabiam, também, que os alemães faziam diversas buscas na floresta à procura do grupo, mas não encontravam ninguém. O fracasso enfurecia o comandante local, possesso pela humilhação de sua tropa, armada até os dentes, não conseguir encontrar um bando de judeus esfomeados. A certeza de que o grupo estava vivo e atuante vinha dos ataques aos sítios ucranianos, cujas notícias se espalhavam pela cidade.

Dezoito judeus desafiaram o exército nazista, que mesmo com o apoio dos ucranianos estava sempre um passo aquém do grupo de Nahum.

Não se sabe quantos fugitivos foram capturados pelos nazistas nem quantos se perderam na floresta, mas, de alguma maneira, alguns conseguiram encontrar o grupo e se juntar a eles. Para quem acredita, foi um milagre.

Capítulo 23

Certo dia, numa manhã fria em novembro de 1942, nos preparávamos para levantar acampamento quando o vigia do turno ouviu o som de passos se aproximando. Ele deu o alerta e todos assumimos nossos postos, prontos para atacar conforme a estratégia que eu havia definido na véspera. Àquela altura, graças aos assaltos, todos no grupo tinham armas.

Quando os donos dos passos se aproximaram, vimos que não eram nem soldados nem ucranianos. Eram judeus!

– Não atirem – sussurrei para os meus parceiros –, mas fiquem atentos. Eles podem estar sendo usados como iscas pelos alemães para uma emboscada. Até termos certeza, todo cuidado é pouco.

Aguardamos em silêncio o desenrolar da situação. O bando era grande e passou bem próximo a nós, sem se preocupar com o barulho que faziam. Sua aparência não era muito melhor do que a nossa; estavam até mais magros. Deduzi por aí que deviam ser fugitivos do gueto.

Eles eram tão desorganizados e desorientados que nem sequer nos viram ali. Quando tive certeza de que não estavam sendo seguidos pelos nazistas, chamei a atenção do último da fila, em voz baixa. O sujeito me olhou parecendo não acreditar no que via e imediatamente chamou os outros para avisar que tinha nos encontrado.

Todos começaram a falar ao mesmo tempo, a rir e comemorar, a fazer perguntas, foi uma bagunça. Pareciam adolescentes combinando uma partida de futebol.

Embora surpreso e feliz, fiquei nervoso com a situação. Meu grupo vinha sobrevivendo havia tanto tempo porque nunca baixávamos a guarda na floresta.

– Silêncio! – gritei em iídiche, de forma tão impositiva que todos calaram a boca.

Poucos segundos depois, quando começaram a protestar comigo, fui mais incisivo e apontei-lhes a arma.

– O primeiro a abrir a boca leva um tiro.

Dessa vez, silêncio total. Mandei que se aproximassem e fiz sinal para meus parceiros saírem dos esconderijos. O encontro foi de uma alegria incrível. Ver outros judeus como nós, fugitivos do gueto, livres, foi muito emocionante.

As perguntas eram muitas. Do nosso lado, queríamos saber o que tinha acontecido em Ryschka, em que pé estava a guerra, como tinham conseguido fugir, o que aconteceu com os que não conseguiram. Do lado deles, queriam saber principalmente como nos virávamos na floresta e se podiam se juntar a nós.

Foi um choque imenso saber que eles eram os únicos sobreviventes. De muitos, passaram a quase nada. A certeza de que nossos familiares e amigos tinham morrido nos abalou profundamente, mas não tínhamos tempo de lidar com o luto. Assim, depois que as principais dúvidas foram respondidas, passamos às discussões práticas.

Meu grupo tinha experiência, treinamento e estratégias de sobrevivência, o que nos colocava em posição de liderança. Minha primeira ordem como líder foi para que todos os novatos fizessem um semicírculo à minha frente.

– Vamos começar do começo. A primeira regra é: quem manda aqui sou eu – falei, incorporando o papel de comandante. – A segunda é manter o silêncio. Não é porque nos encontramos que acabou a fuga. Enquanto houver guerra, seremos fugitivos, e precisamos nos esconder sempre. Ficou claro?

Antes que pudessem responder, passei às instruções gerais, que envolviam a organização dos turnos de vigia, os assaltos, a distribuição de comida, a caminhada diária e todo o planejamento que vínhamos seguindo havia meses, razão da nossa sobrevivência. Também expliquei que éramos um grupo paramilitar de *partisans* e que a obediência era o segredo do nosso sucesso. Se não houvesse ordem e hierarquia, a coisa não funcionava, e quem não concordasse podia ir embora imediatamente. Mas é claro que ninguém discordou.

Terminadas as instruções, mandei dar água a todos e expliquei que só não daríamos comida porque não havia nenhuma. Em geral, tudo o que conseguíamos acabava no mesmo dia. Não tínhamos como armazenar nada, nem a fome deixava. Por fim, não tive alternativa a não ser deixar que descansassem. Estavam esgotados, fazia três dias que não comiam nem dormiam, procurando por nós. Assim, montamos guarda e descansamos por uma hora, na qual eles praticamente desmaiaram no chão.

Por um lado, eu estava muito feliz com esse encontro. Eram mais judeus sobreviventes, livres, e mais gente para lutar conosco. Não cheguei a contar quantos éramos ao todo, mas acho que até a libertação da Ucrânia, período em que outros nos acharam, chegamos a quase cinquenta judeus.

Por outro lado, um grupo maior trazia grandes desafios. Era mais difícil esconder tanta gente no meio da floresta, e seria preciso assaltar mais sítios para conseguir alimentos para todos. Para piorar, o outono estava acabando e o inverno chegaria em breve.

Após uma hora de descanso, voltamos a andar. Reforcei com o grupo que a única chance de escaparmos era não ficando muito tempo no mesmo lugar, e todos entenderam. Precisávamos agora encontrar um sítio para conseguir comida, nosso principal objetivo. Era uma luta diária, mas, na falta de opção, encarávamos qualquer desafio para sobreviver.

De repente, ouvimos o som de um motor de avião que se aproximava. Imediatamente, mandei todos se esconderem. O outono tinha uma vantagem: as folhas caíam e permitiam que nos escondêssemos embaixo delas com facilidade.

Quando o avião deu um rasante onde estávamos, percebemos que era da Luftwaffe. Provavelmente estavam à procura dos fugitivos do gueto. Os desgraçados não desistiam de nos caçar, e, agora que mais judeus haviam fugido, as buscas deviam ter se intensificado. Cheguei à conclusão de que os alemães eram completamente loucos. Tinha uma guerra acontecendo em toda a Europa, o exército precisava do máximo de soldados e armas para o combate, e mesmo assim eles perdiam tempo e recursos indo atrás de nós. A vontade do urso era de atacar os nazistas, de estraçalhar a todos. Sonhava com esse dia, mas, naquele momento, sobreviver era mais importante. A hora do combate ia chegar, eu só precisava ter paciência.

O avião circulou baixo por alguns minutos e, não tendo encontrado nada, desapareceu no horizonte. Se eu pudesse, teria dado um tiro no piloto. Aguardei mais um pouco e dei ordem para todos saírem dos esconderijos e seguimos viagem. Por sorte, mal tínhamos começado a andar quando alguém avistou um rastro de fumaça que indicava um grande sítio. Foi uma euforia imensa.

O primeiro sinal de presença humana era sempre a fumaça saindo das chaminés. Dava para ver a quilômetros, principalmente por aviões sobrevoando a área, por isso era tão importante que nunca acendêssemos fogueiras. Expliquei para os novatos como fazíamos para atacar as casas e escolhi os homens mais fortes para participar da missão. Meu pessoal já estava treinado, mas era importante que todos aprendessem as táticas que havíamos desenvolvido. Embora eu gostasse da posição de líder, confesso que me surpreendia com minha capacidade de tomar decisões e com meu pensamento estratégico. Era algo instintivo, natural, que depois descobri ser uma característica comum em líderes militares.

A equipe responsável pela inspeção inicial do sítio me informou que havia cerca de dez pessoas na casa, entre homens e mulheres. Nunca tínhamos atacado tanta gente, e o pior: havia duas casas, o que exigiria dois ataques simultâneos. A boa notícia era que mais gente significava mais comida e, de fato, vimos duas vacas e dois cavalos no pasto, um verdadeiro banquete para nós.

Começamos a colocar o plano em prática: um grupo montou guarda na floresta e outro passou a vigiar as casas. Para atacar, precisávamos esperar escurecer, pois sempre agíamos à noite. Mas, enquanto nos organizávamos, Mendel, um dos responsáveis pela vigia, nos informou que um dos camponeses estava saindo com uma carroça carregada de legumes.

– O que fazemos agora, Nahum? – ele perguntou. – Atacamos a carroça e esquecemos o sítio ou esquecemos a carroça e focamos no sítio?

– Acho que devemos atacar os dois, a carroça e o sítio – interveio meu pai.

– Também acho – concordou Moshe. – É muita comida, e somos muitos agora. Não podemos nos dar ao luxo de deixar pra lá.

Eles tinham razão. Estávamos famintos, e deixar qualquer uma dessas oportunidades passar seria um desperdício muito grande. Além disso, se o camponês nos visse ali, poderia denunciar aos nazistas quando chegasse à cidade.

– Vamos fazer como meu pai sugeriu – decidi. – Atacaremos a carroça primeiro, depois o sítio.

Todos de acordo, formamos um grupo de cinco homens armados e partimos para a emboscada. Nos escondemos atrás das árvores na estrada e, quando o sujeito se aproximou, eu o surpreendi.

– Mãos para o alto! – gritei para ele, com a arma em punho. – Não faça barulho, ou eu atiro.

O homem me olhou assustado e, quando viu que eu não estava sozinho, levantou as mãos e permaneceu em silêncio. Num gesto rápido, fiz sinal para David subir e revistar a carroça, onde ele encontrou uma espingarda.

O camponês implorou para que não o matássemos, e garantimos que isso dependia apenas dele: se não reagisse, não o faríamos nenhum mal. Ele não resistiu quando David o amarrou e tapou sua boca com um pano, e todos subimos na carroça para voltar ao acampamento. Chegamos até lá com um grande estoque de legumes, um prisioneiro e um cavalo! Foi uma festa quando nossos companheiros nos viram.

Depois de esvaziar a carroça, amarramos o homem numa árvore e informamos que o soltaríamos após o assalto. Ele não parecia ser do tipo que banca o herói e garantiu que não faria nenhuma besteira. Voltando-me para o grupo, mandei distribuir as batatas e as beterrabas priorizando os novatos, que não comiam fazia três dias.

E, então, chegou a hora de decidir o que fazer com o cavalo. Foi um momento tenso e triste, mas ursos não podem ter sentimentos; tudo é uma questão de sobrevivência, de bancar o caçador para não se tornar a caça. Por sorte, entre os novos membros do grupo havia um *soicher*, um açougueiro que se ofereceu para levar o animal para longe das nossas vistas e fazer o que precisava ser feito.

Quando o camponês entendeu que o cavalo seria sacrificado, ele gesticulou, pedindo a palavra. Tirei-lhe a mordaça achando que tentaria nos convencer a poupar o pobre animal, mas o que ele falou me surpreendeu.

– Eu posso tirar o couro do cavalo para vocês.

– E por que você faria isso? – perguntei, curioso.

– Ele será morto de qualquer jeito, eu entendo que vocês precisam de comida. Mas estamos em guerra, e não vale a pena desperdiçar nada, nem mesmo o couro de um animal.

A atitude daquele camponês me mostrou que havia bons ucranianos entre nós. Ele tinha razão, não havia motivos para desperdiçar algo tão valioso. Mandei soltá-lo e dei permissão para que ajudasse o açougueiro, mas não sem antes reforçar que, se ele tentasse alguma gracinha, levaria um tiro no meio da testa.

– Não se preocupe, não tenho nada contra os judeus – disse o homem. – Na verdade, seus inimigos também são os meus: os alemães nos roubam todos os meses, não vejo a hora dessa maldita guerra acabar.

O sujeito era sincero e inteligente. Mesmo assim, quando ele terminou o serviço, achei mais prudente amarrá-lo novamente à árvore, mas sem a mordaça, como um voto de confiança. Em seguida, perguntei ao grupo quem estava com os sapatos em piores condições e orientei que pegassem um pedaço do couro para forrar a sola. Depois, distribuímos em partes iguais a carne do cavalo. Os novos companheiros nos olharam espantados e confusos.

– Como vamos comer isso? – alguém perguntou.

– Com as mãos e os dentes – respondeu Tzvi.

– Não vamos assar ou cozinhar a carne? – outro questionou.

– Se quiserem carne assada, guardem seus pedaços no bolso e esperem a guerra terminar – disse Tzvi, encerrando o assunto e arrancando risadas dos veteranos.

Com cara de nojo, os novatos começaram a comer. Eu sabia que eles iam acabar conseguindo, assim como nós conseguimos. Era questão de tempo e de fome.

Nós nos juntamos ao banquete, e naquele momento eu entendi que o urso adora carne de cavalo. Depois de meses vivendo apenas de batata, beterraba e frango, comi minha parte com muita vontade.

Pouco depois de anoitecer, as casas apagaram os lampiões. Esperamos até termos certeza de que todos estavam dormindo. Era nossa deixa para atacar.

Para evitar surpresas, precisávamos invadir as duas casas ao mesmo tempo. A sorte é que nenhuma das portas tinha trancas, então foi fácil sincronizar a entrada. Ao meu sinal, cada grupo entrou em cada casa e rendeu os moradores. Foi mais uma missão bem-sucedida. Quando se acorda com uma espingarda na cabeça, ninguém quer confusão, ninguém quer arriscar a vida por causa de algumas batatas.

Com todos os reféns amarrados, um terceiro grupo entrou para recolher comida, armas e roupas. Dava pena deixar os camponeses sem nada, mas eles podiam plantar de novo, enquanto nós não tínhamos a mesma sorte. Assim é a guerra.

Naquele assalto, além de animais e legumes, conseguimos alguns potes de conserva que seriam muito úteis para temperar a comida. O *soicher* também sugeriu que pegássemos o máximo de sal possível, assim poderíamos desidratar a carne para que durasse mais tempo.

De volta ao acampamento, precisávamos dar um jeito em nosso prisioneiro. Não pretendíamos matá-lo, é claro, mas também não podíamos ser negligentes e simplesmente deixá-lo ir.

– Coloquem uma venda nele – eu disse em iídiche a Mordechai e David, para que o homem não entendesse. – Quando o grupo estiver longe o bastante, afrouxem a corda e corram ao nosso encontro. Levará um tempo até ele conseguir se soltar, e ele nunca saberá que direção tomamos.

Assim foi feito. Caminhamos por algumas horas, um pouco mais devagar que o de costume por causa dos animais. Quando achei que estávamos longe o suficiente, encontrei um lugar protegido por árvores e montamos acampamento.

– Vamos parar aqui e dormir um pouco – orientei o grupo. – A escuridão das árvores vai nos proteger, e, como já comemos um cavalo hoje, não teremos jantar. Guardaremos a comida para amanhã.

– Desde que a guerra começou, é a primeira vez que temos uma dispensa cheia de alimentos! – comentou Tzvi, empolgado.

Era incrível que, mesmo naquela situação horrível, conseguíssemos ver o lado bom das coisas. Sem dúvida ajudava a compensar o sofrimento.

Todos acomodados, pedi a Moshe que organizasse o rodízio de vigias com especial atenção; agora que estávamos bem equipados, não podíamos bobear. Moshe tinha assumido o segundo posto de liderança por sua força e astúcia, e me ajudou a manter a ordem do grupo durante todo o tempo que passamos na floresta.

Quando a guerra terminou, Moshe foi para a Palestina, que na época estava sob o domínio inglês. Ele aproveitou a experiência do grupo para participar da resistência contra os ingleses, e na Guerra da Independência, em 1948, lutou bravamente pelo nosso povo.

Moshe sobreviveu às florestas da Ucrânia, aos nazistas e à guerra da Palestina. Foi um grande herói para os judeus.

Capítulo 24

Certo dia, durante uma longa caminhada, Chaim, um de nossos companheiros, chamou a atenção para o céu.

– Vejam aquelas nuvens carregadas. Vai chover em breve.

Nós seguimos seu olhar e vimos que nuvens escuras se formavam rapidamente.

– Quanto tempo temos até começar a chover? – perguntou Moshe, mas não por acaso: antes da guerra, Chaim costumava ser o mais inteligente da classe e, enquanto membro do grupo, sempre nos surpreendia com seus conhecimentos gerais.

Ele olhou novamente para cima, analisando o céu.

– Em 45 minutos – respondeu com precisão.

– Duvido que você esteja certo. – Moshe estava incrédulo.

– Quer apostar sua parte da comida? – desafiou Chaim, sorrindo.

– Não, obrigado – recuou Moshe, que jamais abria mão de se alimentar.

É claro que os dois estavam apenas brincando. Mesmo que Moshe topasse, a aposta não valeria nada, já que nenhum de nós tinha relógio. Os nazistas já os haviam roubado fazia muito tempo. Mesmo assim, acredito que realmente começou a chover em 45 minutos. Como Chaim sabia dessas coisas, era um mistério para nós. Ele tinha uma intuição infalível para identificar em que direção estava o norte, se faria frio ou calor, para que lado estava o rio, entre muitas outras habilidades. Não fosse a guerra, certamente teria sido um grande cientista.

Com o fim do outono, o frio se intensificava e a temporada de chuvas começava. Eu queria trucidar os nazistas por me colocarem nessa situação. Sonhava com o dia em que teria essa oportunidade, pois ainda não estávamos em condições de enfrentar o exército alemão. Aprendi com a guerra que existe hora certa para tudo: para se recuperar, para se preparar para a batalha e para lutar de fato. As coisas aconteceriam quando tivessem que acontecer.

Vendo que a chuva aumentava, chamei Itzak e lhe dei algumas instruções.

– Precisamos proteger nossas coisas, principalmente comida e armas. Vamos montar acampamento aqui e cobrir tudo com folhas e galhos. Duvido que os alemães venham nos procurar debaixo desse temporal. Podemos ficar aqui até o tempo melhorar.

– O tempo só vai melhorar na primavera, Nahum – lamentou Itzak. – Daqui pra frente, enfrentaremos chuva e neve todos os dias.

Era verdade, mas não havia escolha a não ser cobrir nossos pertences da melhor maneira possível. Nós também tentamos nos proteger como deu, embaixo de árvores, nos cobrindo de folhas e entrando em buracos.

Embora não fosse um temporal, aquela chuva gelada caiu por horas a fio. A água encharcava nossas roupas e parecia penetrar nossa alma, congelando até os ossos. Sendo um urso, achei que minha pele me protegeria da chuva, mas até eu estava tremendo de frio.

Alguns de nós, mesmo encharcados, continuavam vendo o lado bom das coisas.

– Esse banho forçado está lavando até nossas roupas – disse Tzvi, tentando animar o clima.

– Estou sentindo a sujeira derreter, será que isso é bom ou ruim? – perguntou Moshe, entrando na brincadeira.

– Pelo cheiro, acho que é ruim – zombou Tzvi.

– E se a gente usasse esse caldo para cozinhar? Aposto que está salgado de tanto suor!

Todos rimos e xingamos os dois por aquela cena nojenta. Apesar dos percalços, eu me sentia feliz pelo grupo conseguir manter o bom humor.

Horas depois, a chuva finalmente deu uma trégua. Por milagre, ninguém ficou doente; sem remédios nem condições de repousar, acho que não teríamos resistido.

No outono, o céu escurecia mais cedo, e por volta das quatro ou cinco da tarde já não se enxergava mais nada. Dali para frente, os períodos de sol seriam cada vez mais curtos. Dormiríamos molhados naquela noite, algo impossível se não estivéssemos tão exaustos. Não dá para descrever nosso sofrimento.

No entanto, mesmo esse cenário tinha um lado bom: como clareava mais tarde e escurecia mais cedo, os alemães dariam uma folga na caça ao grupo.

No dia seguinte pela manhã, conforme Chaim havia previsto, o sol voltou a brilhar.

– Depois da tempestade, a bonança! – disse Tzvi, espreguiçando-se.

– Não sei como você consegue fazer piada disso – reclamou David, que parecia ter sido atropelado por um trator do exército. – Eu estou irado e molhado.

– Não adianta reclamar, meu caro. Precisamos dar graças a Deus por estarmos vivos e livres – disse meu pai, com sabedoria. – A guerra vai acabar mais cedo ou mais tarde, e os alemães serão vencidos. É preciso ter fé.

– Também acredito que os alemães serão derrotados, mas, até esse dia chegar, mais do que fé, é preciso muita paciência – afirmei.

– Um dia, meu filho, essa experiência ainda será muito útil para você.

Mais uma vez, meu pai tinha razão. Após a guerra, passamos por momentos de muita dificuldade, mas, calejados dessa terrível experiência, conseguimos superá-los com relativa facilidade. Bem ou mal, aquele tempo na floresta foi uma grande lição para o futuro, nos dando coragem e força para reconstruir a vida, formar família, educar os filhos, enfrentar as crises e superar muitos desafios.

Anos depois, quando ouvia meus filhos reclamarem de algo, eu logo lhes dava uma bronca.

– Acreditem, vocês não sabem o que é problema. Não reclamem da boa vida que levam.

De fato, eu nunca mais reclamei de coisa alguma. Minha vida depois da guerra foi maravilhosa!

Capítulo 25

Descobrimos que o inverno chegou quando, certa manhã, acordamos cobertos de neve, apenas com o nariz para fora. Foi a primeira nevasca de 1942.

Enquanto fazia apenas alguns graus abaixo de zero, conseguíamos aguentar com facilidade. O pior viria nos meses seguintes, quando a temperatura chegaria de 25 a 30 graus negativos.

Como acontecia todos os dias, acordei com um gosto pútrido na boca, culpa dos restos de carne crua que não conseguíamos limpar dos dentes. Havia me acostumado à falta de banho, às roupas sujas e em frangalhos, aos cabelos e barba longos, às intermináveis caminhadas diárias sob sol, chuva e neve. Havia me acostumado à luta diária por sobrevivência, mas jamais consegui me acostumar ao gosto de carne crua e de sangue na boca.

Olhei em volta e notei a paisagem completamente branca. Seria esse o nosso cenário nos próximos meses.

Em situações normais, aquela nevasca teria sido bem-vinda. Quando garoto, minha família e eu íamos esquiar nas montanhas e patinar no rio Ikva, o que tornava o inverno uma das minhas estações favoritas. Naquele contexto, porém, embora os alemães tivessem dado uma trégua na busca pelo grupo, permitindo que ficássemos mais tempo com acampamento montado, tínhamos mais dificuldade em conseguir comida e, portanto, menos energia para passar os dias. Caminhar em busca de sítios também era tarefa difícil na neve, que chegava a um metro de profundidade. Para piorar, a maioria das noites era de lua cheia, o que facilitava para os camponeses verem o grupo se aproximar: a luz da lua refletia na paisagem branca, iluminando toda a floresta.

Assim, só podíamos atacar em noites sem luar, quando nossos vultos não eram denunciados.

Passamos muita dificuldade e sofrimento naquele inverno, e até hoje me pergunto como sobrevivemos. Cheguei à conclusão de que foi por vários motivos.

O primeiro foi a idade: com exceção do meu pai, estávamos todos na faixa dos 20 anos, no auge de nossa capacidade física, com uma força muito maior do que sequer imaginávamos. O segundo foi vontade de viver: tínhamos a vida toda pela frente e lutaríamos por ela até o último fio de cabelo. O terceiro foi vingança: todos perdemos familiares e amigos, e não víamos a hora de fazer os nazistas sentirem na pele o que passamos. O ódio dá forças, e queríamos viver para ver a derrota do exército alemão.

O último motivo foi milagre, no qual todos passamos a acreditar em algum momento.

Capítulo 26

O inverno de 1943 passou devagar, mas, felizmente, a desgraça não dura para sempre. A cada dia a temperatura subia mais um pouco e os dias ficavam mais longos, até que chegou a primavera.

Mas se engana quem pensa que acordamos numa bela manhã com tudo florido, passarinhos cantando e borboletas dançando. Nada disso. Com a chegada da primavera, o degelo transformou a terra em barro. Era lama para todos os lados.

A pior parte certamente era caminhar com os pés entrando e saindo do lamaçal. Precisávamos amarrar as botas com muito cuidado para que não ficassem presas no solo e andar bem devagar. Por sorte, nenhuma patrulha alemã se aproximou de nós. Acho que eles também não conseguiam andar na lama.

Para atacar os sítios, a lama ajudava, funcionando como uma camuflagem perfeita. Ninguém via quando nos aproximávamos, porque nós e o chão éramos uma coisa só, inteiramente marrons. Com os assaltos bem-sucedidos, voltamos a fazer refeições quase que diariamente, o que não havia acontecido no inverno.

Certo dia, notamos que mais e mais aviões alemães cruzavam os céus. Não pareciam estar à nossa procura, já que seguiam num só sentido. Chaim, com seu senso de direção apurado, afirmava que seguiam rumo à Alemanha. Começamos a achar que talvez estivessem voltando para casa, abandonando a União Soviética.

Será que os nazistas haviam conquistado todo o Leste Europeu? Ou será que estavam indo buscar mais tropas para ampliar a invasão? Seria possível que tivessem sido derrotados e estivessem batendo em retirada? Àquela altura, não sabíamos nada do curso da guerra, então cada um formulava as próprias teorias.

– A guerra tem que acabar um dia, ninguém aguenta lutar para sempre – dizia meu pai. – Quando isso acontecer, espero que o nosso lado seja o vencedor.

Nossa única fonte possível de informação eram os ucranianos, e nos assaltos seguintes tentamos descobrir com eles o que estava acontecendo. Mesmo assim, as informações eram díspares: alguns diziam que os soviéticos estavam ganhando; outros, que eram os alemães. Era possível que estivessem chutando, torcendo ou mentindo. Na guerra, aprendi que a verdade é a primeira vítima: os dois lados sempre afirmam estar vencendo para incentivar suas tropas e baixar o moral do inimigo.

Em uma conversa com um camponês, ouvi que os alemães tinham sido derrotados na tentativa de conquistar Stalingrado. Segundo o homem, o marechal Friedrich von Paulus, a mais alta patente do exército alemão, havia se rendido em 2 de fevereiro daquele ano, 1943.

– Como tem tanta certeza disso? – perguntei, desconfiado.

– Meu irmão estava na frente soviética e lutou nessa batalha – respondeu o homem, com segurança.

Os dados eram tão precisos que acreditamos nele. Futuramente, descobriríamos que estava correto.

Era uma alegria imensa ouvir que os alemães tinham perdido uma batalha tão importante, que milhares de nazistas foram mortos e outros milhares feitos prisioneiros. Agora eles sentiriam na pele o que era viver confinado por cercas de arame farpado e, o melhor de tudo, sob o comando dos soviéticos. Isso significava um recuo imenso, praticamente uma retirada do exército alemão dos campos de batalha do Leste Europeu. Que prazer eu senti! A vingança só começava.

– Vamos vencer a guerra! – gritávamos uns aos outros. – Os alemães serão derrotados e logo estaremos livres!

Nesse dia, fizemos uma festa no acampamento. Conseguimos deixar as medidas de segurança de lado por algumas horas, e todos enchemos a cara.

A derrota em Stalingrado realmente forçou o recuo das forças nazistas na União Soviética, invertendo o curso da guerra. Foi o começo do fim para os alemães. Poucos dias depois, soubemos que Stalin avançava com o Exército Vermelho em direção à Alemanha.

Realmente, agora era questão de tempo para que os nazistas deixassem a Ucrânia e pudéssemos voltar para casa. Ainda não entendíamos, é claro, que não havia mais casa para onde voltar. Mesmo sabendo que não recuperaríamos nossos entes queridos assassinados, de alguma forma achávamos que nossa vida recomeçaria de onde parou.

Certo dia, durante um assalto, encontramos uma edição do *Pravda*. Em letras garrafais, lemos a confirmação da libertação de Stalingrado e do avanço do Exército Vermelho.

Naquela noite, percebemos que era possível comer com tranquilidade, sem sair correndo para nos escondermos em outro lugar. Os nazistas não estavam mais à nossa procura, tinham algo mais importante para fazer: lutar pela própria sobrevivência.

Os dias passavam e as notícias da inversão não paravam de chegar. O sentimento de segurança e tranquilidade mexeu conosco. Quase um ano vivendo como ursos, longe da civilização, tinha sido o suficiente. A maior parte do grupo queria voltar à vida normal. E eu queria caçar nazistas.

Vivíamos num misto de alegria em saber que os alemães começavam a ser derrotados e de angústia por termos que continuar no mato. O inferno realmente chegaria ao fim, mas quando? Não saber a resposta causava ansiedade em muitos de nós.

– Nahum, não aguento mais ficar nesta floresta – desabafou Shlomo. – Cheguei ao meu limite.

Minha resposta saiu rude, mas achei que meu companheiro precisava de um choque de realidade.

– Você chegou ao limite? E qual é o limite? Eu achei que perder direitos e ser obrigado a usar uma estrela amarela no peito era o limite. Depois, achei que viver no gueto era o limite. Quando vi minha mãe e minha irmã serem assassinadas, tive certeza de que cheguei ao limite. Quando vim parar nesta floresta, sem comida ou recursos, pensei que devia ser o limite. Mas sabe o que eu descobri? Nosso limite vai muito além do que podemos imaginar, nossa força é infinitamente maior do que acreditamos. E, quando eu achei que não aguentaria mais, encontrei forças para continuar. Sabe qual é o nosso limite?

Shlomo estava em silêncio, me encarando com os olhos arregalados.

– Nosso limite é a morte – eu disse. – Só vamos parar de lutar quando morrermos. Mas se chegamos até aqui vivos é porque enfrentamos todas as dificuldades e superamos nossos limites.

Shlomo me abraçou e começou a chorar. O choque funcionou.

– Você tem razão, Nahum. Somos muito mais fortes do que imaginamos.

– Somos vencedores, companheiro. Somos os ursos que venceram os nazistas!

Não sei de onde tirei inspiração para tudo isso, mas foi um momento muito emocionante. E a melhor parte é que era verdade: tínhamos vencido a morte até então, e a vitória estava próxima.

Capítulo 27

Finalmente, o dia da libertação chegou. Ficamos sabendo pelos camponeses que os nazistas haviam se preparado para uma invasão soviética em Ryschka. Eles reforçaram as trincheiras, estocaram munição e esperavam o ataque do Exército Vermelho.

– Estão vendo aquela esquadrilha vindo em direção a Ryschka? – perguntou Chaim, apontando para o céu. – São aviões russos Yak-3.

O zumbido dos aviões foi cortado pelo ronco de dezenas de tanques T-34, que ecoava pela floresta. Soava como a melhor música que ouvi na vida. A floresta tremia sob o peso dos monstros blindados, que vinham seguidos da infantaria, com milhares de soldados soviéticos armados até os dentes e cheios de ódio contra os alemães.

Era fácil explicar esse ódio. Quando atacaram a União Soviética, os alemães foram selvagens ao extremo. Não faziam prisioneiros, e sim matavam os soldados rendidos e feridos. A ordem de hitler era "terra arrasada", que significava matar os homens, estuprar as mulheres e queimar as cidades. Pareciam uma nuvem de gafanhotos.

Quando o Exército Vermelho estava bem perto, Moshe, Tzvi e eu, que falávamos russo muito bem, improvisamos uma bandeira branca e fomos em direção a eles. Havia um batalhão no meio da floresta.

– Aproximem-se com cuidado – eu orientei os dois enquanto tentava me esconder para analisar a situação. – Se nos confundirem com alemães, podem atirar na gente.

– É só o que nos falta, tomar um tiro justo agora que os nazistas serão derrotados – disse Tzvi, encontrando um bom esconderijo.

Após alguns minutos de observação, percebendo que os soldados pareciam tranquilos, decidi fazer contato.

– Tzvi, Moshe, fiquem escondidos e me deem cobertura – instruí meus parceiros. – Se virem alguém prestes a atirar em mim, atirem antes.

Agora, era tudo ou nada. Sem me expor, levantei a bandeira branca e a agitei por alguns segundos que pareceram uma eternidade. Mesmo escondido, eu podia ser atingido por uma granada a qualquer momento, e, se meus parceiros reagissem, o batalhão inteiro cairia sobre os dois.

Mas nós não tínhamos opção. Pagaríamos para ver, como se diz no pôquer.

– *Tovarich* Alexander Ivanovich, avistamos uma bandeira branca! – gritou um soldado, apontando para a bandeira que eu agitava.

– Quem está aí? – gritou outra voz, que imaginei ser do *tovarich*.

– Não atirem, camaradas! – respondi em russo, tentando meu melhor sotaque. – Não sou alemão, sou judeu!

Ouvi as armas engatilharem, e confesso que só não me borrei porque estava de estômago vazio. Continuava no meu esconderijo, pensando se devia me enterrar num buraco no chão ou me levantar e correr o risco de ser acertado por uma chuva de balas.

– Apresente-se! – berrou o *tovarich*.

– Acham que devo me levantar? – perguntei aos meus parceiros.

– Agora não tem mais volta – respondeu Moshe. – Não dá mais para fugir, e, se não fizermos algo, eles com certeza vão atirar em nós.

– Boa sorte, irmãozinho – disse Tzvi.

De fato, sorte era tudo que podíamos desejar uns aos outros.

– Apresente-se agora ou abrirei fogo – berrou o *tovarich*, ainda mais irritado.

Quando não se tem opção, a decisão já está tomada. Sem hesitar mais, ergui os braços e me levantei com a bandeira branca na mão.

Os soldados me olharam absolutamente chocados.

– Que diabos é isso? – perguntou o oficial, confuso.

Os soldados se entreolharam, depois voltaram-se para mim, ainda espantados. Demorou um pouco para eu entender que a reação se devia ao meu estado absolutamente lastimável. Eu já estava tão acostumado a viver sujo e desgrenhado que nem me dei conta da minha aparência.

Os soldados, por outro lado, nunca tinham visto um homem urso, e reagiram como tal.

Acho que foi isto que os impediu de atirar em mim: pena.

– Aproxime-se – ordenou o *tovarich*. Pela insígnia no uniforme, vi que era o capitão. O sujeito, de quase dois metros de altura, tinha um bigode farto como o de Stalin e olhos bem pretos. Seu olhar era incisivo, capaz de penetrar a blindagem do T-27, e não parecia nem um pouco amistoso.

Vários soldados apontavam as armas para mim.

– Quem é você e qual é o seu nome? – perguntou o oficial.

– Sou judeu ucraniano da cidade de Ryschka, capitão. Me chamo Nahum e venho me escondendo na floresta para escapar dos nazistas – respondi com toda a confiança que consegui reunir, ainda com os braços para cima.

O oficial se aproximou lentamente, enrolando as pontas do vasto bigode. Percebi que me olhava com certo nojo, o que não era de se surpreender. Ele me rodeou e me examinou de cima a baixo. A qualquer momento, podia dar ordem para atirarem em mim, e então todo o meu esforço para sobreviver um ano na floresta teria sido em vão.

Será que fiz besteira em me entregar?, eu pensava. *Por que não fiquei quieto no mato? Que idiota!*

De repente, o capitão parou à minha frente e me olhou no fundo dos olhos.

– Como você fede! – exclamou ele, caindo na gargalhada.

Foi o maior alívio de toda a minha vida. Ele não ia me matar, no máximo ia jogar água em mim para tirar o fedor.

Os outros soldados o acompanharam na risada e baixaram as armas. Percebendo o clima mais leve, também criei coragem para abaixar os braços e fazer um pedido.

– Capitão, peço permissão para chamar meus companheiros. Eles estão aqui na floresta.

– O quê? Você não está sozinho? – Ele imediatamente fechou o semblante, e os soldados se posicionaram novamente para atirar.

Eu quase enfartei.

– Não, senhor. Viemos em trio nos apresentar ao senhor.

– E os outros fedem como você?

Percebi que, para ele, eu não passava de um mendigo que não representava qualquer perigo. Estava tudo em paz.

– Sim, senhor – respondi de pronto, como um soldado.

– Acho que conseguimos aguentar o fedor – disse ele, por fim. – Chame seus amigos.

Eu me virei para trás e fiz sinal para meus parceiros deixarem as armas no chão e se aproximarem com os braços para cima.

– Esses são Moshe Gutermann e Tzvi Goldberg – eu apresentei os dois.

– Desculpe o fedor, capitão. Não tive tempo de me perfumar – disse Tzvi, seu jeito gozador imediatamente conquistando a simpatia do oficial.

– Está mesmo um horror, mas pelo menos você é mais educado que seu amigo aqui – brincou o *tovarich*, apontando para mim.

Uma vez esclarecido que éramos mesmo judeus fugitivos, a tensão entre os lados se aliviou, e passamos a ser tratados como companheiros de combate.

– Vamos, sigam a tropa – disse o *tovarich*. – Estamos indo para Ryschka.

Nesse momento, o medo tomou conta outra vez. Eu precisava esclarecer que havia mais de nós.

– Capitão... não somos apenas três. Há um grupo inteiro de fugitivos escondido na floresta.

– E estão todos fedidos! – disse Tzvi.

Nós então contamos nossa saga aos soldados, que no começo duvidaram da gente. Não era para menos: viver um ano como ursos na floresta, debaixo de sol e neve, sem comida ou roupas adequadas, não parecia ser possível. Eu mesmo não acreditaria se me contassem uma história como essa.

Mas nós fomos sinceros, e por fim o capitão aceitou que trouxéssemos o grupo. Quase um ano depois, finalmente voltaríamos para casa.

Capítulo 28

Em fevereiro de 1944, o exército soviético não precisou de muito esforço para reconquistar Ryschka. Desde que Stalin começara o contra-ataque, as forças alemãs tentavam conter o avanço soviético, mas sem sucesso. Dois anos depois da invasão no Leste Europeu, os nazistas estavam cansados, mal alimentados e desestruturados. Os soldados mortos já somavam centenas de milhares. Era o fim que hitler se negava a reconhecer.

Ao chegar a Ryschka, os soviéticos arrancaram e queimaram as bandeiras nazistas, um gesto simbólico para mostrar que aquela pequena cidade da Ucrânia voltava a fazer parte da União Soviética. Os ucranianos, que antes haviam saudado os alemães por terem expulsado os soviéticos, agora saudavam o Exército Vermelho por ter expulsado os nazistas.

Apesar do clima de paz, os nazistas tiveram êxito em seu trabalho sujo de executar judeus. Antes da guerra, havia cerca de 12 mil judeus em Ryschka; agora, éramos em torno de 400. Foi um verdadeiro massacre perpetrado pelos alemães, ao qual pouco mais de dois por cento dos judeus de Ryschka sobreviveu.

Ao mesmo tempo que voltar para a nossa cidade era bom, fomos tomados por uma tristeza imensa ao perceber que as sinagogas tinham sido transformadas em estábulos, que o cemitério judaico fora profanado e que os *torot*, nossos livros sagrados, haviam sido queimados. Descobrimos, também, que ninguém mais tinha casa: as que não foram destruídas na guerra haviam sido invadidas pelos ucranianos. Foi o que aconteceu com Moshe, que ao chegar em casa se deparou com uma família que nunca tinha visto na vida.

– Esta casa é minha – disse ele, em tom ameaçador. – Vocês têm que sair agora.

– Você tem como provar? – indagou o ucraniano, nem um pouco disposto a cooperar. – Sempre moramos aqui, mesmo antes da guerra.

Moshe precisou ir até a delegacia prestar queixa, e eu e Itzak o acompanhamos. Ao relatar o ocorrido para o policial de plantão, no entanto, a resposta foi desconcertante.

– Não existem propriedades privadas na União das Repúblicas Socialistas Soviéticas. Se tudo pertence ao Estado, como pode alegar que a casa é sua?

Moshe saiu da delegacia bufando de raiva.

– Se eu encontrasse esses ucranianos na floresta, teria trucidado cada um deles.

Foi então que Itzak teve uma ideia: levar o ocorrido ao nosso novo amigo do exército, o capitão Alexander Ivanovich.

Nosso grupo tinha prestígio com o *tovarich* e, ao chegar lá, fomos recebidos efusivamente.

– Vocês parecem ótimos agora, rapazes – disse ele, com um sorriso. – O cheiro também melhorou bastante!

Após uma breve troca de cortesias, Moshe pediu a palavra e explicou seu problema. Para nossa surpresa, o capitão disse que sentia muito, mas que não se meteria no assunto.

– Não estamos aqui para resolver problemas domésticos. A guerra ainda não acabou, precisamos combater os alemães e não podemos perder tempo nos envolvendo com assuntos dessa alçada. Além disso, o policial tem razão: não existem mais propriedades privadas na União Soviética.

Foi um banho de água fria em todos nós.

Por sorte, minha casa ainda existia. Havia sido ocupada por nossos vizinhos *goyim*, não judeus, e assim que eu e meu pai voltamos eles nos receberam com alegria e nos devolveram o imóvel. Foram muito corretos com a gente, mais uma lição de que nem todos os ucranianos eram maus ou antissemitas.

Quem conseguiu sua casa de volta passou a hospedar os que não conseguiram. Foi assim que Moshe veio morar comigo.

Voltar a tomar banho quente na tina e a dormir em uma cama novamente foram prazeres indescritíveis. Depois de um bom descanso, tratei de raspar os cabelos e a barba e de conseguir roupas limpas. Nos primeiros dias, o exército nos ajudou com mantimentos e itens de higiene, e em pouco tempo voltamos a trabalhar e a viver normalmente. Exceto que não era possível viver normalmente depois de tudo que passamos e sob a constante ameaça da guerra, que ainda acontecia.

Os alemães, expulsos de Ryschka, batiam em retirada, mas ainda havia guerra na Ucrânia. Estávamos em fevereiro de 1944, e a guerra só terminaria oficialmente catorze meses depois, em maio de 1945.

Eu, ainda com sede de vingança, decidi que não ficaria sentado esperando a derrota alemã. Eu ia participar da luta. O urso queria sangue, e sangue de nazista.

Eu comuniquei ao meu pai:

– Vou me alistar ao Exército Vermelho.

– Você está *mishiguene*? Já perdi esposa e filha, nós dois milagrosamente nos salvamos, não vou perder você também! – gritou meu pai, num misto de indignação e preocupação.

– Entendo como se sente, mas não vou sossegar enquanto os nazistas não forem destruídos. Preciso lutar contra eles, pai. Preciso vingar a mamãe e minha irmã.

– A vingança é um sentimento ruim, Nahum. – O tom dele era de súplica. – Não se deixe levar por sentimentos ruins.

– Certo, então usarei outra palavra: justiça.

Meu pai, sabendo que eu não ia ceder, acabou aceitando a ideia. Se eu já era turrão antes, depois de tudo que vi e passei, confesso que fiquei muito pior. O tempo na floresta me fez perder completamente o medo, fez crescer uma couraça que me deu forças para superar qualquer obstáculo. Agora, o urso que vivia em mim só pensava em uma coisa: caçar nazistas.

De volta ao quartel, pedi para falar com o capitão Alexander Ivanovich e informei que queria entrar para o Exército Vermelho. Ele então me encaminhou para o sargento Yuri, responsável pelo alistamento.

– Qual é o seu nome? – perguntou o sargento.

– Urso!

Capítulo 29

Uma semana após me alistar, peguei o trem e desembarquei em um campo de treinamento do Exército Vermelho. Levava no bolso uma carta de recomendação do capitão Ivanovich, na qual ele relatava que eu tinha liderado um grupo de judeus que sobreviveu durante quase um ano na floresta, que era autodidata no manuseio de armas e tinha um talento nato para desenvolver estratégias militares e ações de guerrilha. Eu me senti um herói. Era uma apresentação e tanto, além de uma garantia de que eu não seria usado como bucha de canhão e enviado para morrer na linha de frente; eu receberia treinamento especial e seria respeitado pela minha experiência.

De fato, fui escalado para um grupo que desenvolvia ações de sabotagem e estratégias especiais. Isso significava que eu não faria parte do exército regular; lutaríamos como *partisans*, guerrilheiros com táticas planejadas, exatamente o que eu queria.

Durante o período na floresta, tive nas mãos vários tipos de rifles e revólveres e aprendi a montar e desmontar diversas armas. Mas, cá entre nós, havia um detalhe que omiti dos meus instrutores: eu nunca havia disparado um tiro! Isso só foi acontecer durante o treinamento, e mesmo assim poucos, pois precisávamos economizar munição para o combate. O custo da guerra era altíssimo para a destruída economia soviética.

Para a minha surpresa, descobri que tinha excelente pontaria e fui muito elogiado pelos instrutores.

– Vocês não sabem quantas vezes tive que atirar no tempo que me escondi – menti, e eles acreditaram.

Eu também aprendi a lançar granadas, a montar explosivos, a fazer armadilhas, a me camuflar e mais uma coisinha que guardei para o fim.

O treinamento durou apenas um mês. Havia uma guerra em curso, e não tínhamos tempo para ficar ensaiando. Nesse período, me dediquei a ser o aluno mais aplicado e interessado: prestava atenção em tudo o que diziam, anotava as informações mais importantes, fazia perguntas e propunha ideias. Eu me destaquei tanto que, um dia, aconteceu algo inesperado.

Eu estava sentado debaixo de uma árvore, fumando um cigarro, vício que me acompanhou a vida toda, quando um soldado veio me chamar: o major queria falar comigo. No caminho até lá, a primeira coisa que me perguntei foi o que eu havia feito de errado, já me preparando para a bronca. Quando o major falou, porém, eu quase caí para trás.

– *Tovarich* Urso, em reconhecimento aos excelentes resultados que você apresentou no treinamento, vamos promovê-lo à função de sargento, com um grupo de vinte soldados às suas ordens.

Não foi só a patente que me surpreendeu, mas também o fato de eu, um judeu, ter soldados para comandar. O Exército Vermelho, socialista até o último botão do uniforme, tentava não nos distinguir por religião ou origem social, mas o histórico da Rússia também tinha um viés antissemita, o que fazia daquela promoção um evento muito raro.

A primeira coisa que fiz foi escrever uma carta para o meu pai, narrando todos os acontecimentos com orgulho.

A segunda foi impor minha liderança. Sendo judeu, eu precisava me provar um líder ainda mais firme e competente para que os soldados sob meu comando jamais duvidassem da minha capacidade como sargento.

Finalmente, recebi minha primeira instrução de combate. Haveria um ataque de artilharia contra um batalhão inimigo, e a única rota de fuga era por uma ponte que cruzava um rio bastante largo. Precisávamos explodir a ponte para evitar o recuo dos chucrutes. O problema era que a tal ponte estava em território ocupado pelos alemães.

Eu e meu grupo embarcamos num trem em direção ao local. Era uma viagem longa, o trem ia devagar e parava toda hora, fosse pelos bombardeios aéreos ou porque os trilhos precisavam ser reparados e examinados à procura de explosivos. Com vinte homens no vagão, o estresse e a irritação começaram a crescer. Foi quando um dos soldados decidiu me cutucar falando mal de judeus.

No começo, eu não disse nada. Enquanto o objetivo dele era arrumar confusão, o meu era evitá-la, pois teríamos uma missão complicada pela frente.

Enquanto o soldado ofendia os judeus, eu pedia para o urso se acalmar. Mas o soldado continuava, e o urso se irritava.

Outro soldado, talvez encorajado pelo meu silêncio, se juntou ao primeiro. Eles reclamavam de receber ordens de um judeu, desrespeitando minha patente e a hierarquia do exército.

O urso estava perdendo a paciência. Ou eu colocava ordem no bando, ou nossa missão poderia falhar.

Eu me levantei devagar, me aproximei do primeiro soldado e o mandei se levantar. Era um sujeito grande, ao menos vinte centímetros mais alto do que eu. Mesmo assim, a patada de urso que ele levou na cara foi tão forte que caiu nocauteado, com o rosto sangrando e vários dentes quebrados.

Em seguida, peguei o outro soldado pelo pescoço e o puxei para cima, quase descolando a cabeça do corpo ao fazê-lo se levantar. O urso se aproximou de seu ouvido e falou bem devagar:

– Repita o que você disse sobre os judeus.

– D-desculpe – ele gaguejou, começando a ficar sem ar.

– Não ouvi! Repita! – urrou o urso.

– D-desculpe... sargento – o sujeito falou com dificuldade.

– Desculpas aceitas – respondi com toda a calma.

Ou pelo menos foi o que o soldado pensou antes de o urso cravar os dentes em sua orelha, arrancar um pedaço e cuspir na cara dele.

– Alguém tem mais alguma declaração a fazer? – perguntei num tom ainda mais calmo, o sangue escorrendo pelo queixo.

Ninguém abriu a boca. A partir dali, nunca mais ouvi ofensas aos judeus por parte do meu grupo, nem minha autoridade foi questionada outra vez.

Pode parecer exagero, mas é preciso lembrar que estávamos embrutecidos pela guerra. Era um tempo em que as coisas não se resolviam com discussões filosóficas.

O restante da viagem ocorreu sem problemas. O trem chegou ao destino, uma cidadezinha quase na fronteira com a Polônia, e eu reuni o grupo para passar as instruções da missão.

Estávamos em junho, no começo do verão. Até as dez horas da noite, ainda havia luz. Nós esperamos escurecer e saímos da zona controlada pela União Soviética, entrando, em silêncio e com cuidado, no território controlado pelos nazistas. Eu consultei o mapa para encontrar a tal ponte e tracei a rota pela mata, na qual andamos por um bom tempo. Para mim, era como um passeio no campo.

Quando chegamos ao local, havia soldados alemães vigiando os dois extremos da ponte. Eu perguntei aos meus homens quem sabia nadar e escolhi quatro deles para colocar a estratégia em prática.

– Vocês dois vão atravessar o rio por baixo d'água, com muita cautela, e subir pela margem oposta. Matem os soldados a facadas, não com tiros. Não queremos chamar a atenção. – Eu então me virei aos outros dois: – Assim que os soldados do outro lado forem mortos, vocês vão colocar explosivos nos pilares.

Os soldados assentiram e eu segui com as instruções para o restante do grupo.

– Vocês quatro farão a mesma coisa deste lado do rio: matar os vigias e colocar explosivos nos pilares. Os demais ficarão de guarda, mas lembrem-se: só atirem se os nazistas atacarem nossos camaradas. Vamos evitar armas de fogo ao máximo.

Eles assentiram mais uma vez, e eu chamei os *snipers*.

– Encontrem o melhor ângulo para se posicionarem. Quando amanhecer, ao meu sinal, vamos acertar os explosivos.

Com o coração na mão, rezei para que tudo desse certo. Era minha primeira missão. Se eu falhasse, seríamos pegos pelos alemães outra vez, e eu com certeza seria mandado para Auschwitz. Era só o que me faltava, conseguir escapar dos nazistas depois de um ano na floresta para cair nas mãos deles nos confins de lugar nenhum!

Para a minha sorte, minha tropa era excelente. Os primeiros dois soldados cruzaram o rio e eliminaram os alemães com facilidade. Os idiotas estavam conversando e fumando como se estivessem num café Berlim e, antes que pudessem perceber, seus pescoços foram cortados. A segunda dupla também plantou os explosivos nos pilares com sucesso, processo que se repetiu na outra margem do rio.

Assim que o dia começou a clarear e os *snipers* puderam enxergar as bombas, mandei que atirassem. Dois tiros quase simultâneos e duas imensas explosões mandaram os alicerces pelos ares. A ponte se dobrou para a esquerda e caiu no rio. As bolas de fogo, vistas à distância, eram o sinal para nossas tropas iniciarem o bombardeio contra o acampamento nazista.

Quando a chuva de bombas começou a cair, os alemães abandonaram o acampamento e tentaram recuar pelo rio. Foi só aí que descobriram que a ponte estava dentro da água. Não tinham para onde fugir.

Após as bombas, os tanques T-34 partiram para cima do pelotão nazista, terminando o serviço.

Como um urso, eu urrava de alegria. Minha vingança tinha começado, ou, como meu pai preferia que eu dissesse, a justiça começava a ser feita. Para mim, não importava o nome. Tudo o que eu queria era colaborar para a derrota nazista e para a morte dos assassinos da minha família.

No trem de volta para a base, nenhum soldado ofendeu minha origem judaica. Ao contrário, fui elogiado pela eficiência e precisão do nosso ataque, do qual saímos sem nenhuma baixa e com o plano executado com perfeição.

Poucos dias depois, quando recebi as ordens para a segunda missão, eu e minha tropa pegamos a estrada novamente. O urso viajou feliz, ansioso para continuar caçando nazistas.

O exército soviético avançava cada vez mais em direção à Alemanha, cuja linha de defesa oferecia cada vez menos resistência. Os soldados nazistas, sabendo que a guerra estava perdida, estavam cansados e desmotivados a lutar, mas hitler não aceitava a derrota. Os países Aliados exigiam rendição total da Alemanha, e, embora os generais nazistas concordassem em assiná-la, hitler se recusava. Sem chegarem a um acordo, a guerra prosseguia.

A estratégia do exército alemão continuava sendo de terra arrasada. A violência dos ataques não tinha outro objetivo senão a destruição, motivada pura e simplesmente pelo ódio que sentiam dos povos "não arianos", considerados inferiores. Mas era justamente esse povo inferior que estava ganhando a guerra.

Ódio gera mais ódio, e os soviéticos, ao ver toda aquela destruição sem sentido, deram o troco em território alemão, depredando, estuprando e matando civis. Foi preciso que Stalin desse ordens de não destruir locais considerados estratégicos, como fábricas e usinas de energia. O resto, no entanto, era colocado abaixo.

Enquanto houvesse batalhas nos territórios do Leste Europeu, minha missão era dificultar o recuo nazista. O objetivo era impedir que os soldados voltassem à Alemanha e montassem uma grande resistência. Com minha experiência na floresta, era fácil treinar o batalhão com táticas de guerrilha, na qual o elemento surpresa é mais eficiente que o ataque direto.

O urso surgia quando o inimigo menos esperava. E seu ataque era sempre mortal.

Durante esse período no Exército Vermelho, mesmo atuando sempre na linha de frente ou em território inimigo, nossas táticas de guerrilha eram tão eficientes que meu batalhão não sofreu nenhuma baixa. Minha melhor missão foi descarrilhar um trem que levava tropas e armas de volta para a Alemanha. Os trilhos, é claro, eram cuidadosamente guardados pelos soldados nazistas.

Com o rosto coberto de tinta preta, esperamos a noite chegar e nos arrastamos em silêncio até os trilhos. Me lembrei de quando fizemos isso na floresta, usando lama para assaltar um sítio, só que agora era muito mais perigoso. Com muita cautela, espalhamos explosivos pelos trilhos. Eram vários, o que inviabilizava explodi-los à distância, então contei com a ajuda de um engenheiro da tropa para preparar um sistema de explosões em sequência.

Armadilha montada, agora era aguardar o comboio. No dia seguinte, pouco depois do meio-dia, o trem surgiu devagar no horizonte. As planícies da Polônia permitiam avistar quilômetros adiante, e calculei que em duas horas o alvo cairia na armadilha. Avisei o quartel que, quando isso acontecesse, seria hora de partir para o combate.

O urso aguardou escondido entre as árvores. Não perderia o ataque por nada neste mundo.

O trem se aproximou devagar e diminuiu a velocidade ao chegar ao nó ferroviário. Ele passou lentamente sobre as cargas explosivas, mas nada aconteceu.

– Os explosivos falharam? – perguntei ao engenheiro, ansioso.

Ele me encarou e fez sinal para que eu esperasse um pouquinho mais.

Quando o último vagão passou por cima do nó, ouvimos a explosão ensurdecedora, seguida de uma nuvem de fogo que parecia alcançar o céu. O trem se retorcia como uma lesma no sal. Os vagões descarrilharam, e, quando os soldados sobreviventes saíram, uma nova explosão os atingiu.

Antes mesmo que os sobreviventes pudessem se recuperar, o exército soviético, já posicionado, abriu fogo. O urso também atacou nesse momento, pulando em cima e trucidando vários nazistas. Era sua tão aguardada vingança. Como os milhares de judeus de Ryschka o que jamais voltaram para casa, aqueles nazistas também não voltariam.

A operação foi um sucesso total. Muitos armamentos e munições resistiram ao ataque, e levamos tudo conosco.

Quando conto assim, parece que tudo era fácil e simples, mas só quem lutou na guerra sabe o horror que é. Certa vez, nosso exército se posicionou a apenas um quilômetro de uma base alemã, cada lado analisando a melhor maneira de atacar. Precisávamos saber quantos soldados, tanques e canhões o inimigo tinha, e sem a tecnologia de hoje só tinha uma maneira de fazer isso: capturando um oficial inimigo.

Eu e um colega nos voluntariamos para o sequestro. Era uma missão para apenas duas pessoas, assim poderíamos nos esconder melhor e usar o elemento surpresa para atacar o alvo. Durante a noite, nos aproximamos cautelosamente da linha inimiga, que estava cercada com arame farpado. Precisamos cortar um pedaço para entrar, correndo risco de morrer se estivesse eletrificada. Por sorte, não estava. Rapidamente, abrimos uma passagem e nos aproximamos o máximo possível da base, ocultos pela escuridão de uma noite sem lua.

Ficamos algum tempo à procura de um oficial para sequestrar. Parece loucura, não é? E era. Se nos pegassem, por ser judeu, meu destino não seria a morte imediata. Embora a Alemanha estivesse perdendo a guerra, hitler não desistia de exterminar judeus. A ordem era nos levar para campos de extermínio, onde éramos torturados e mortos nas câmaras de gás.

Primo Levi, um escritor judeu italiano que também foi parte de um grupo de resistência durante a guerra, conta em seus livros sobre quando foi capturado pela Wehrmacht. Ele não foi fuzilado no momento de sua captura, e sim levado para um campo de concentração em Fossoli, no norte da Itália, e depois para Auschwitz, na Polônia, onde resistiu até o final da guerra.

Mas, voltando à nossa missão na base alemã, decidimos que o melhor a fazer era nos escondermos e aguardarmos algum oficial aparecer. As horas passavam e nada. De vez em quando, um soldado surgia para fumar ou fazer as necessidades, mas um simples soldado nos daria pouca informação. Precisávamos de um oficial.

Eu olhava o relógio sem parar, com medo de que o dia clareasse e terminasse não só com o fracasso da missão, mas com a nossa captura. Seria o fim da linha.

Depois de muito tempo, acho que por milagre, um tenente surgiu justamente para fazer suas necessidades. Quando ele abaixou a calça, o urso o atacou. Para não chamar a atenção da tropa, como sempre, fizemos tudo em silêncio. O truque estava em apertar um pano com clorofórmio no nariz e na boca do sujeito, apagando-o o mais rápido possível. O urso agarrou o homem com toda a força enquanto seu parceiro o dopava. O tenente tentou se soltar, mas de um abraço de urso ninguém escapa. O clorofórmio rapidamente fez efeito e o sujeito apagou.

Mas a missão ainda não tinha terminado: era preciso levá-lo vivo para a nossa base. O cara era pesado, mas o urso era forte. Nós o arrastamos até o buraco na cerca e fugimos pela floresta. O que parecia uma missão impossível acabou sendo um sucesso: entregamos o tenente para a nossa Inteligência, que o interrogou e conseguiu todas as informações necessárias. Nossos entrevistadores utilizavam métodos tão pouco tradicionais, por assim dizer, que ninguém deixava de falar. De posse das informações, nosso comando preparou um ataque mortal e em pouco tempo massacrou os inimigos.

Essa operação me valeu minha primeira medalha. Eu tinha só 20 anos, mas já era um judeu sargento do Exército Vermelho e condecorado com uma Medalha de Bravura. Mais uma vez, escrevi ao meu pai em Ryschka para compartilhar minha felicidade. Até hoje lembro da carta que ele me mandou em resposta.

Meu filho querido,

Estou muito orgulhoso de você e da sua participação na guerra contra os nazistas, e essa medalha é um reconhecimento mais que merecido. Infelizmente, os alemães não parecem dispostos a se render, e todo o esforço de vocês em campo é necessário. Sua mãe estaria muito orgulhosa e com certeza falaria para você se cuidar!

Na cerimônia de entrega da medalha, meus superiores perguntaram se eu tinha algum desejo especial.

– Gostaria de comandar um tanque em uma batalha – respondi de imediato.

O comandante deu risada.

– Geralmente os oficiais querem alguns dias de folga ou uma garrafa de vodca. Você é o primeiro a pedir algo assim.

Eu então expliquei a razão do meu pedido.

– Em 1939, quando o Exército Vermelho passou por Ryschka, eu tinha 13 anos. Me lembro vividamente de um batalhão de tanques surgindo do final da minha rua e da felicidade que senti ao ver vocês. Nós sabíamos que os soviéticos lutariam contra os ucranianos e nazistas. A partir daquele dia, passei a sonhar em comandar um T-34 em combate.

Dessa vez, o comandante ficou sério.

– *Tovarich* Urso, vou recomendá-lo agora mesmo à divisão de blindados. Você terá sua batalha de tanques.

Assim foi feito, e no primeiro dia de treinamento, quando finalmente entrei em um tanque pela primeira vez, confesso que achei muito melhor do lado de fora do que de dentro. No interior, o barulho era ensurdecedor, e precisávamos usar abafadores nos ouvidos para não ficar surdos. O espaço lá dentro também era reduzidíssimo, eu mal conseguia me mexer. Como os soldados não tinham o hábito de tomar banho todos os dias nem de trocar de uniforme, o fedor da sujeira só não me fazia vomitar porque o cheiro de óleo diesel queimado era pior ainda. Para piorar, todos fumávamos dentro do tanque. Eu não tinha dúvidas de que, se não morresse na batalha, morreria intoxicado por aquele ar tóxico. A única vantagem era que, por estarmos no outono, sob um frio já intenso, o ar se mantinha aquecido dentro da blindagem. Ouvi dizer que no verão os tanquistas trabalhavam pelados, mas isso não cheguei a conferir.

Se eu reclamava da falta de conforto, o urso não estava nem aí para isso. Tudo o que ele queria era entrar em combate. E as batalhas de tanques eram grandiosas, um espetáculo de tecnologia e pirotecnia. A maior parte dos territórios do Leste Europeu é formada por planícies intermináveis, e centenas de tanques se enfrentavam em campo aberto, onde o que valia era a resistência dos blindados, a habilidade dos pilotos, a pontaria dos morteiros e as estratégias dos comandantes. Era como um jogo de xadrez em um imenso tabuleiro, mas quem perdia pagava com a vida.

Foi a primeira vez que um urso pilotou um tanque de guerra, e o resultado foi sensacional. Perdi a conta de quantos Panzers, os tanques inimigos, eu destruí. Era uma delícia persegui-los, fazer pontaria e disparar uma bomba contra suas carcaças. Bastava um movimento e *BUM!*, uma imensa bola de fogo explodia, abrindo as entranhas daquele monstro de aço e cuspindo os nazistas para fora.

Após um tempo em campo e apesar do meu bom desempenho no comando do T-34, o comandante acreditava que minhas habilidades seriam mais úteis no posto anterior, planejando estratégias de guerrilha. Fui chamado de volta para as missões na linha de frente e realizei mais algumas emboscadas, até que aconteceu o pior: o urso estava colocando explosivos em outro nó ferroviário quando foi surpreendido por um batalhão alemão. Houve uma violenta troca de tiros por um bom tempo, até que senti duas pinçadas, uma na barriga e outra na panturrilha. Dois tiros. O urso foi tirado às pressas da zona de combate e, depois de realizados os primeiros socorros, enviado para um hospital perto de Moscou. A dor era alucinante, mas tive muita sorte: uma das balas perfurou a barriga e saiu do outro lado sem atingir nenhum órgão, enquanto a outra quebrou dois ossos da perna.

Foi mais um milagre que me aconteceu. Deus protege os ursos, não tenho dúvidas.

Eu não tinha medo de morrer, mas me preocupava em sobreviver por um motivo simples: ver a derrota dos nazistas. Depois de tantos tiros, bombas, soldados e Panzers destruídos, eu já me sentia vingado. Agora, faltava apenas assistir à derrota dos assassinos da minha família e dos responsáveis por meu pai e eu termos vivido como bichos no meio do mato. Esse tipo de coisa a gente não esquece de um dia para o outro; não, senhor.

Era início de 1945, e passei o resto do inverno internado, me recuperando dos ferimentos. O hospital parecia um açougue, com sangue para todos os lados, vísceras expostas, ossos partidos, um horror. Todos os dias novos feridos chegavam e outros tantos morriam. Já eu me recusava a entregar os pontos; se não morri de fome no gueto, não morri fuzilado, não morri na floresta nem morri em combate, certamente não morreria em uma cama de hospital.

Preciso confessar, no entanto, que nem tudo naquele hospital era ruim. Fui atendido por uma enfermeira lituana linda, com uma pele que parecia de porcelana e cabelos dourados que iam até a cintura, mas estavam sempre presos em duas tranças ao redor da cabeça. Ela era dez anos mais velha e se afeiçoou a mim não sei por quê. Acho que era tão sozinha quanto eu.

Seu nome era Grazina. Ela falava russo, e assim conseguíamos conversar. Foi o primeiro amor da minha vida.

– Você teve muita sorte, Nahum – ela me disse certa vez. – Poucos soldados conseguem sobreviver depois de baleados. Parece um milagre.

Eu, que acreditava em milagres, abri logo um sorriso.

– Eu já escapei de tantas coisas, estive perto da morte tantas vezes, que também acredito nisso.

– Vou cuidar muito bem de você. – Ela sorriu de volta. – E também rezar muito para que fique bom logo.

A partir daí, Grazina passou a vir todos os dias limpar meus ferimentos e trocar os curativos, além de sempre me trazer uma sopa deliciosa, quase tão boa quanto a que minha mãe fazia.

– Você é judeu, não é? – ela me perguntou um dia. – Na Lituânia, quase todos os judeus foram mortos pelos nazistas. Foram mais de 200 mil pessoas assassinadas, incluindo mulheres e crianças.

– Não foi só na Lituânia que isso aconteceu – falei com pesar. – Em Kiev, capital da Ucrânia, mais de 100 mil judeus foram mortos em apenas uma semana.

Grazina não pareceu chocada. Infelizmente, naquele tempo, a morte era mais comum que a vida.

– E como foi que você se tornou soldado do Exército Vermelho? – ela mudou de assunto, voltando a sorrir.

Eu então contei toda a minha história: os meses no gueto, o assassinato da minha família, o tempo passado na floresta e meu alistamento no exército. Grazina também me contou sobre ela: seu pai fora convocado para o exército e desapareceu em campo, assim como seu irmão mais velho. A mãe e o caçula foram mortos pelos nazistas, e Grazina só conseguiu escapar porque se escondeu num celeiro, em uma pilha de feno.

Nós dois conversávamos por horas, mas os assuntos eram sempre lutas, mortes, fugas, fome, tristeza. A guerra não nos deixava ter lembranças boas. O heroísmo só existe em filmes.

Às vezes, quando tinha tempo entre um paciente e outro no hospital, Grazina sentava-se na minha cama, apoiava minha cabeça em suas pernas e me fazia carinho. Eu mal me lembrava de como era ser cuidado assim. A última vez que tinha recebido carinho fora da minha mãe.

Eu me recuperava rapidamente, e muito disso era mérito dela.

– Não tenho palavras para agradecer tudo que tem feito por mim – eu disse certa vez. – Se não morri neste hospital, foi graças a você, um verdadeiro anjo que caiu do céu. E eu quero viver, ainda tenho muita coisa pela frente. Preciso ficar bom o quanto antes para voltar a combater nazistas.

– Você não precisa voltar. – O semblante dela era de preocupação. – A guerra está quase no fim, nossos soldados já chegaram à Alemanha. Foque em se recuperar e refazer sua vida, como eu estou refazendo a minha.

Ganhávamos cada vez mais intimidade, e com o tempo ela deixou de ser somente minha enfermeira. Passamos a fazer planos para depois da guerra: ela queria ser médica e voltar para a Lituânia, e eu só sabia que queria ir embora da Ucrânia; não tinha a menor ideia se voltaria a estudar ou com o que gostaria de trabalhar.

Uma noite, quando as luzes do hospital já haviam sido apagadas, Grazina entrou em silêncio no ambulatório, deitou-se ao meu lado e, debaixo das cobertas, me ensinou a arte do amor. Nossos gemidos de prazer eram abafados pelos gritos de dor e lamúrias dos outros pacientes. Antes de o dia clarear, ela saiu em silêncio. Quando acordei, não estava mais lá.

Fizemos isso por várias noites. Depois de tanto horror, de tanta morte, o amor e o prazer me envolveram de tal forma que passei a me sentir o homem mais feliz do mundo. Cheguei até a rezar para o médico não me dar alta.

Um dia, porém, assim como surgiu, Grazina desapareceu. Nunca mais veio me ver, nem eu soube mais dela. Deve ter encontrado um urso mais bonito.

Finalmente, em março, tive alta.

Capítulo 30

Quando deixei o hospital, o comandante não permitiu que eu voltasse a campo de imediato. Em vez disso, fui levado para um quartel de treinamento, onde passei a fazer exercícios para recuperar as forças e me preparar para a guerra.

Dias depois, já me sentindo bem mais forte, decidi escrever uma carta ao meu pai dizendo que eu estava bem de saúde e que em breve voltaria a caçar alemães. Eu tinha acabado de acender um cigarro e me preparava para selar o envelope quando ouvi o som de sinos, sirenes e tiros por toda a cidade.

Imediatamente, coloquei a cabeça para fora da porta e perguntei o que estava acontecendo. Um soldado que passava por ali, eufórico, me abraçou e gritou que a guerra tinha terminado. Corri na mesma hora para me juntar ao grupo que festejava a derrota dos nazistas.

Foi o dia mais feliz da minha vida. Os sinos não paravam de tocar, todos se abraçavam, cantavam, tocavam instrumentos musicais, dançavam. Foram 24 horas de festa.

Como nos livros, o melhor ficou para o final: hitler estava morto! Seu cadáver tinha sido encontrado carbonizado do lado fora de seu *bunker* em Berlim, ao lado do corpo de Eva Braun, sua amante.

Depois de cinco longos anos, a paz voltava à Europa. Perdi a conta de quanto tempo passei dançando nas ruas e bebendo vodca à vontade. Nos quartéis, havia mais mulheres do que homens, e ganhei beijos de centenas delas. Como a paz era maravilhosa!

Uma hora, cansado de festejar, sentindo as pernas bambas e a cabeça girar de tanto beber, me arrastei para debaixo de uma árvore e recitei o *kadish* para minha mãe e minha irmã. Não sei como a reza me veio à cabeça. Talvez o excesso de vodca tenha feito as palavras brotarem.

Emocionado, senti as lágrimas começarem a cair. Era a primeira vez que eu chorava a morte da minha família.

Até que, quando me encostei na árvore para tomar fôlego, algo muito estranho aconteceu. Eu vi um urso sair de dentro de mim, me segurar pelos ombros e, olhando fundo nos meus olhos, me dizer com todas as letras:

– Você não precisa mais de mim.

Antes que eu pudesse reagir, o animal correu em direção à floresta que cercava o alojamento e se embrenhou na mata.

Tenho certeza de que, antes de desaparecer entre as árvores, ele se virou para mim uma última vez e deu uma piscadela de um olho só.

Epílogo

Em maio de 1945, após a Alemanha assinar oficialmente a rendição aos países Aliados, voltei para Ryschka ao encontro do meu pai.

A primeira coisa que fizemos foi levar flores para as covas coletivas no descampado do aeroporto, onde imaginávamos que minha mãe e minha irmã haviam sido enterradas. Fui até lá com a Medalha de Bravura no peito.

Quase todos os judeus que sobreviveram à guerra tinham ido embora de Ryschka. Não havia mais que dez sobreviventes na cidade, meu pai sendo um deles. Tinha ficado lá para me esperar. Ele sabia que eu voltaria vivo.

Eu continuava admirando a força do Exército Vermelho e a postura de Stalin, principalmente por seu papel fundamental na derrota dos nazistas, mas nem eu nem meu pai queríamos viver no regime socialista; éramos a favor da livre iniciativa. Além disso, sem família e amigos em Ryschka, não havia motivo para permanecer na cidade.

Certo dia, colocamos tudo o que tínhamos numa mala e fomos em direção ao Oeste, onde a promessa era de liberdade. Lá havia comunismo nem *pogroms*. A viagem era longa: pegamos vários trens, pedimos carona para caminhões do exército, andamos vários quilômetros a pé e finalmente chegamos à Itália. Com nossos documentos de sobreviventes refugiados, ou *displaced person*, como diziam em inglês, tivemos ajuda de uma organização judaica que conseguiu um quarto para morarmos e alguns bicos nos quais trabalharmos. Depois de alguns meses, um movimento clandestino judaico soube da minha participação na guerra e me convidou para participar da Aliyah Bet, um movimento que apoiava a imigração de judeus sobreviventes do Holocausto para a Palestina.

A Aliyah Bet contava com alguns navios velhos, caindo aos pedaços, nos quais os sobreviventes cruzavam o Mediterrâneo na tentativa de furar o bloqueio britânico para desembarcar no futuro Estado de Israel, que estava sob domínio inglês. Alguns navios conseguiam atingir o objetivo e desembarcar na praia, enquanto outros eram capturados em alto-mar e levados para o Chipre, onde os judeus eram enviados para campos de refugiados muito similares aos campos de concentração alemães. Os ingleses foram muito sacanas conosco depois da guerra. Não bastasse o que sofremos nas mãos dos nazistas ou o sacrifício de viajar por dias naquelas banheiras velhas, ainda tínhamos que enfrentar a marinha inglesa, que, para não desagradar os árabes, fazia de tudo para não aumentar a população de judeus na Terra Prometida. Alguns navios chegaram a ser covardemente afundados pelos britânicos, levando à morte dezenas de inocentes.

Mesmo assim, meu pai decidiu partir em um desses navios, enquanto eu aceitei ficar na Itália para colaborar com a Aliyah Bet. Nós nos despedimos e eu prometi que o encontraria em Tel Aviv quando o trabalho terminasse.

Só pude cumprir essa promessa em 1949, depois da guerra pela independência de Israel. Em Tel Aviv, conheci minha futura esposa, uma judia que também havia sobrevivido ao Holocausto. Mas eu não me adaptei à vida naquela cidade e, no começo dos anos 1950, eu e minha esposa decidimos voltar à Itália. Meu pai quis ficar em Israel; já estava enraizado no jovem país, onde fez amigos e voltou a namorar.

Com o pouco dinheiro que tínhamos, abrimos uma loja de roupas e alugamos um apartamento em Milão. Mesmo longe, mantivemos contato com amigos que haviam migrado para a América e para a Austrália. Eles nos escreviam para contar que havia muitas oportunidades de trabalho por lá, assim como paz e liberdade religiosa. Era o Novo Mundo.

Nós líamos as cartas e comparávamos a vida promissora daquele lado do mundo com a difícil situação econômica da Itália pós-guerra, onde faltava tudo. Tínhamos a loja, é verdade, mas poucos clientes.

A ideia de recomeçar a vida em outro país, onde a guerra ficara para trás, era tentadora.

Decidimos, então, que a Europa não era mais onde queríamos viver. O continente estava banhado de sangue do Holocausto, e nós, ainda jovens, sonhávamos em construir a vida longe das tristes lembranças do passado. Entre as várias opções de destino, minha esposa e eu escolhemos o Brasil.

Eu sabia que, para ser bem-sucedido no novo país, precisava chegar com uma profissão melhor do que vendedor de roupas. Assim, fiz um curso de tecelagem, vendi o pouco que tínhamos e partimos de trem para Gênova, de onde sairia o navio que nos levaria para o Porto de Santos, em São Paulo.

O ano era 1957. Assim que chegamos ao Brasil, sentimos que era onde queríamos morar. O clima era agradável, a paisagem era bonita e, o mais importante, o povo era acolhedor e alegre. Tudo muito diferente da Europa. Foi amor à primeira vista.

Os brasileiros não se incomodavam com o fato de sermos estrangeiros, e, como falávamos italiano, não foi difícil aprender português. O país também tinha boas oportunidades para quem trabalhava duro. Era exatamente o que eu e minha esposa buscávamos: uma chance de progredir em uma sociedade tolerante e sem preconceitos com judeus.

Eu trabalhei, trabalhei e trabalhei mais. Agarrei todas as oportunidades que apareceram e fui muito bem-sucedido no Brasil: montei fábricas, criei empresas, gerei centenas de empregos. Para retribuir o que o país me deu, hoje faço o que chamamos de *tzedakáh*, ou benemerência, que consiste em ajudar escolas, hospitais, creches, museus e outras instituições fundamentais para o crescimento de uma sociedade.

É verdade que muitos sobreviventes do Holocausto tiveram sucesso profissional, e é fácil explicar a razão: depois do que vimos e passamos, nada nos assustava, nada nos dava medo. É claro que havia dificuldades, como concorrência forte, mercadorias que encalhavam, clientes que não pagavam, crises econômicas, entre outras coisas comuns no mercado. Mas, para quem enfrentou os nazistas e viu a morte de perto, nada disso nos desanimava.

Ao longo da vida, eu e minha esposa tivemos dois filhos, que depois nos deram quatro netos, todos brasileiros. Um tempo depois, chegaram também os bisnetos.

Eu sigo trabalhando, adoro o que faço e não me vejo aposentado. E, para quem estiver se perguntando o que aconteceu com o urso, eu nunca mais o vi. No Brasil, jamais precisei me defender por ser judeu.

Hoje, quando alguém me pergunta de onde sou, respondo que sou brasileiro.

Um judeu brasileiro.[9]

---

9 Ainda hoje, é assim que os judeus sobreviventes refugiados no Brasil se apresentam.

Este livro foi composto com tipografia Adobe Garamond Pro
e impresso em papel Off-White 80 g/m² na Formato Artes Gráficas.